「ここを一流の温泉街にしてやろうじゃないか」
湯《ゆ》川《かわ》好《こう》蔵《ぞう》
ネットでは「温泉饅頭3世」として知られる温泉マニア。
不慮の出来事で命を落とし、異世界に転生する。

オーヘンデック
エルフの族長。
リリウムの姉。
エルフ族の
問題解決のため、
湯川さんの力を
借りようとする。
小《こ》町《まち》
ルイルイのお付のキツネ娘。
繭玉さんの先輩格。
ルイルイ
知性と言葉を持つ10種族の
統一王。その正体は——？

リリウム
天然っぽい性格のエルフで、
オーヘンデックの妹。
子どもっぽい性格だが
優秀な魔術師。
繭《まゆ》玉《だま》
お稲荷さまのお使いのキツネ娘。
ふだんは人間の姿をしているが
キツネの姿にもなれる。

「この内風呂には、
湯《ゆ》樋《どい》という
木製の送湯装置を
使って
温泉を運んで
いるのだよ」

Meito ISEKAI no YU Kaitakuki vol.1

名湯『異世界の湯《ゆ》』開拓記《かいたくき》

アラフォー温泉マニアの転生先は、のんびり温泉天国でした

vol. 1

綿涙粉緒 Menrui Konao

イラスト：吉武 Yoshitake

口絵・本文イラスト　吉武

CONTENTS
目次

わたしの名前は湯川好蔵《ゆかわこうぞう》、三十五歳《さい》、独身。

とある分野のさる集まりの一部の人たちにおいては知らぬ者はいない。という、自称《じしょう》超《ちょう》有名《ゆうめい》な普通《ふつう》の地方公務員である。いや、そうではない、自称超有名なのはわたしではなくネット上でのわたしの分身『温泉饅頭《おんせんまんじゅう》3世《せい》』の方だというべきであろう。というのも、わたし湯川好蔵、またの名を温泉饅頭3世は世界的に有名な某《ぼう》SNS《エスエヌエス》において温泉サークルを主催《しゅさい》しており、ちょっとした温泉ガイドブックを出版しているという温泉愛好家なのである。いやまて、まずここは、わたしに対し敬意をこめて称《しょう》されたサークルメンバーの呼び方で名乗っておいた方がよかろう。(ここまで超早口《ちょうはやくち》)

わたしの名前は湯川好蔵。またの名を温泉饅頭3世、人呼んで孤高《ここう》の温泉ハンター三十五歳独身地方公務員。

現在、全速力で逃《に》げている所である。

「あっちです!　あっちに逃げていくの見ました!」

おっと、すぐそこまで追手がかかっているようだ。

わたしは転がるように斜面《しゃめん》を下り、走る、が、わたしは何も悪いことはしていない。

ただ、生まれつきなぜかそこだけが異常に鋭《するど》かった嗅覚《きゅうかく》のおかげで、山中に湧《わ》く温泉を嗅《か》ぎ分けて探し当てるという特技を持っているだけだ。そして今日もいつものようにとある山中で硫黄《いおう》の香《かぐわ》しいフレグランスにぶち当たり、匂《にお》いを頼《たよ》りに草むらをかき分けたところ……。

そこは山中にひっそりとたたずんでいながらも、木っ端《こっぱ》ＯＬや軽薄《けいはく》女子大生に大人気のファッション雑誌に掲載《けいさい》された秘湯の温泉宿。その女子用露天風呂《ろてんぶろ》だったのである。

これぞまさに大ラッキー、いや不運もいいところだ。

わたしは生まれて三十五年間、ただただ温泉との愛を育んできた男である。

むしろ耽溺《たんでき》していると言っても過言ではない。

そんなわたしにとって、女の魅力《みりょく》など温泉のそれに比べれば鴻毛《こうもう》のごとき軽さなのである。もうそれはふわっふわのかるっかるなのである。ふーっとすればぴゅーである。へへーんだである。

しかも昨今はパソコンやスマホをいじれば仕事中にだって女性の裸《はだか》は見れる、いや、見れると言っているだけで別に見てはいない。仕事中は見ない、ほんと、見てないってば。

まぁいい、つまりそれほど珍《めずら》しいものでもない。

従って、わたしにとってこれは、ただただ不運であり、そして……一大事である。

何《なに》を隠《かく》そうわたしは、先程《さきほど》から何度も言うように地方公務員。

もし、もしもだ、このまま痴漢《ちかん》として捕《つか》まるようなことになれば、だ。

幸いにも、それが後々全くもって誤解であると判明したとしても、だ。

人生は終わる。それはもうすっきりさっぱりと、跡形《あとかた》もなく、終わる。

炭酸水素塩泉《たんさんすいそえんせん》に入った後、表面のとろみを水で流し、つるっつるになったお肌《はだ》を扇風機《せんぷうき》で乾《かわ》かした後の爽快《そうかい》感にさえ負《ま》けず劣《おと》らず、もうすっきりさっぱり終了《しゅうりょう》宣言である。

ぺんぺん草ものこりゃしない。

それは、こまる。

はっきり言おう、性犯罪者としてさらされる周囲の冷たいまなざしなど、どうということはない。三十五歳独身でそれが気になるようなら、すでに世間の冷酷《れいこく》な視線に押《お》されて今頃《いまごろ》あの世である。そうではない、薄給《はっきゅう》とはいえ、安定が売りの地方公務員。もしこの安定感抜群《ばつぐん》の収入源を失ってしまったら……。

わたしはそこからどうやって全国の温泉巡《めぐ》りを続けていけばいいというのだ？

まだ行っていない温泉は山ほどある。

国内も、そして海外に至ってはまだ一度も。

よって、なにがなんでも捕まるわけにはいかないのである。

わたし湯川好蔵、またの名を温泉饅頭3世、人呼んで孤高の温泉ハンター三十五歳独身地方公務員。人生最大のピンチと言ってよいだろう。

「あ、あそこ！　なんかうごいた！」

く、しつこい。

そう言っちゃなんだが、そこまでしつこくされなければならないような、うっひょー！

これはこれはごちそうさまですボディー。な女は一人もいなかったぞ。

むしろこっちが慰謝料《いしやりよう》を……何でもない。

しかし、追い詰《つ》められて気づいたのだが、こっちはもうあと崖《がけ》しかない。まさに人生崖っぷち。

「います、そこです、そこにいます！」

すぐ背後に迫《せま》ってくる声。

「源蔵《げんぞう》さん、猟銃《りようじゆう》は持ったかね」

うぉい！　それはいかん。

そんなもんで撃《う》たれたら死ぬ、きっと死ぬ。

足元を見れば、急斜面《きゆうしやめん》の崖。背後には、猟銃を持った源蔵さん。

崖と源蔵とわたし。源蔵じいさんとGUN。

て、いやいや、なんかちょっといい感じで表現している場合ではない。ええい、何を悩《なや》む。ここで、源蔵を選ぶ理由があるはずがないではないか！

さらば源蔵！　である。

「ええい、ままよ！」

わたしは一声発して、急斜面の崖に足を踏《ふ》み出した。すると。

「のわわわわわわわわわわ!!　ひゃあああああ!!」

駆《か》け下りる、というか自然と足が踏み出されて、右足と左足がそれはもう壮絶《そうぜつ》なるデッドヒートである。もう加速というか自然落下の勢いでハイスピードダウンヒルだ。

しかし、これはこれで、いけそうな気がする。

このまま何事もなく右足と左足がデッドヒートを繰《く》り返してくれれば、きっと谷底についていて、そこからは優雅《ゆうが》にして華麗《かれい》なるランナウェイである。

デッドヒート&ランナウェイ。

ちょっとかっこいい。

「いける!!」

と、叫《さけ》んだその時だ、調子に乗った瞬間《しゅんかん》を神が見逃《みのが》さなかったのか、目の前に小さな鳥居が見えた。

って、鳥居？　こんなところに……鳥居だと!?

走りながら目を凝《こ》らす、うん、間違《まちが》いない、鳥居だ、けっこうミニサイズの鳥居だ。それは、きっと普通であればひょいっと飛び越《こ》えられてしまいそうな膝丈《ひざたけ》ほどの鳥居だ。なんでこんな斜面にあるのかはわからないけれど、どう考えてもちょっと歴史ありそうな風《ふ》情《ぜい》の鳥居だ。

もうほんと、びっくりするぐらい鳥居だ。

しかもがっつり進行方向、当然、方向転換《てんかん》なんかできない。

どうする、どうする湯川好蔵、いや温泉饅頭3世、いや、孤高の温泉ハンター！　カッコつけても次週には続かないぞ！

いや、言ってねぇけど心の中でつぶやいてるんだけど！

とか言ってる場合じゃねぇ！

とか言ってる場合でもねぇ！

どうする？　どうする？　飛《と》び越すか？　いや鳥居だよ？　飛び越しちゃまずいでしょ……って止まるか？　って止まれるわけねええ……んじゃ、くぐる？　……ってくぐれるかどあほおお!!　膝丈だぞおおおお!!

――がきっ！

などとパニクっていると、ちょうど鳥居の目の前にある小石にけつまづいた。まずい、このままでは、飛び越すどころか鳥居をけたおしてしまう、いかん、それはいかん、死んだばあちゃんが聞いたらさぞかし嘆《なげ》く。

「くっそおお!!」

わたしは、孤高の温泉ハンターとして、そして信心深い事で故郷《ふるさと》の村落では知らない人がそんなにいなかったばあちゃんを敬愛するばあちゃんっ子として、掛《か》け声《ごえ》とともに飛び込み前転を試みた。

……りしたのは何の気の迷いだったのだろう。

崖だよ、下は石だよ。

当然ゴボッっという、ああこりゃ駄目《だめ》ですわなぁー的な音がして、わたしの意識は遠のいた。

わたしの名前は湯川好蔵、またの名を温泉饅頭3世、人呼んで孤高の温泉ハンター三十五歳独身地方公務員。

いきなりで申し訳ないが、ここに死亡。


「なぁぬしよ、ぬしさんよ」

「ほえ?」

「ほえじゃありんせんえ、ぬしさんよ」

「な、なんでしょう」

「お分かりになられているかは存じんせんが、ぬしさんは死なしゃんしておりんすえ」

「え、あ、まあそうでしょうね」

「ほんにぬしさんのんきなお人。とはいえ、ぬしさんはわちきの社を守って死なしゃんした」

「あ、そうですかご無事でしたか」

「ええ、ほんにありがたいことに。それで、礼というては失礼でありんしょうが、生き返らしてしんぜましょ」

「へ、ほんとに」

「ええ、とはいえ元の世界にというわけにはいきんせんから、今流行の異世界に転生という事でどうでありんす？」

「あ、え、はやってるんですか？」

「お聞きなさるのはそこじゃありんせんでしょうに、ほんにぬしさんはけったいなお人でありんすな」

「あ、よくいわれます」

「まぁ、ほんにおかしい。愉快《ゆかい》な事になりそうでありんすなぁ」

「はぁ」

「それでは、もうちょっとお眠《ねむ》りなんし…」

「……はぁ……えっと……あの……」


「ぐわらっぱぁぁぁ!!」

おう、思いがけず奇妙《きみよう》な声を出してしまった、というか、それより……目が……目が覚めた。目が覚めた？　ってことは……。

「わたしは、生きているのか」

「うんそうやね、生きとるみたいやね」

「うむ、不思議な夢を見た」

「夢ちゃうで、ほんまやで」

「そうか、あれは本当だったのか……って、のぉ！」

なぜか軽快な関西弁の相槌《あいづち》に驚《おどろ》いて傍《かたわ》らを見ると、そこには小学校高学年くらいの身長の女の子……女の……女？　いや、メス？　いや、違《ちが》います、そんな女性を蔑視《べっし》してるとかではなくて、あとそういう趣味《しゅみ》があるわけでもなくですね、ほらだって……。

耳としっぽが生えてるんです、この子。

「貴様、誰《だれ》だ！」

混乱したまま、とっさにわたしがそう叫ぶと、その、女の子というかメスの仔というか、まぁそんなそれは頬《ほお》を膨《ふく》らませてふてくされたそぶりを見せた。

おお、それはなんだか、かわいいな。

ちょっと吊《つ》り目がチャームポイントで、産毛《うぶげ》が生えていそうなつるんとした肌もナイスだ。桜色の唇《くちびる》もつんとした鼻も好印象。

しかも巫女《みこ》服。これまたよし。

いやしかし、それよりもなによりも、やはり尻尾《しっぽ》だ尻尾。ううむ、想像以上に良いものだな、モフモフの尻尾という物は。

とその時、わたしがじろじろ見つめ過ぎたからなのか、急に頬を赤く染めて、そいつは呟《つぶや》くように言った。

「貴様て、そりゃないわ。うちはお稲荷《いなり》さんのお使い姫《ひめ》で繭玉《まゆだま》さんって立派な名前があるねんで」

お稲荷さんのお使い姫？　じゃぁ。

「お前、狐《きつね》か？」

「お前ちゃう、繭玉さん。ま・ゆ・だ・ま・さ・ん！」

いや、違う、そこではない。

「だからそのおま……いやその、繭玉さんは狐なんでしょうか」

わたしの問いに、繭玉さんは誇《ほこ》らしげに胸を、ひらったい胸を、ごく貧相《ひんそう》な胸を、まぁその胸を張って答えた。

「せやで！　うちはお稲荷さんのお使い姫のお狐さんや」

「狐の獣人《じゅうじん》とかではなくて、狐」

「せやで、れっきとした狐やで、今は化けとるだけや」

ほー、これがかの有名な化けた狐か……て……ぬ、ぬぬ！

「でな、あんたの今の状況《じょうきょう》やけどな」

「し、しずかに！」

「な、なんや……」

戸惑《とまど》う狐、いや、繭玉さんをよそに、わたしは全神経を鼻に集中する。鼻腔《びこう》の細胞《さいぼう》の一つ一つがうなりを……上げたら怖《こわ》いが、フル稼働《かどう》している。

うん、間違いない。

「すまんが繭玉さん、話はいったん中断だ」

「な、なんでやねん」

なんでやねん……だと、そんなの決まっておろう！

「この先に温泉がある！　間違いない！　この腐《くさ》った卵《たまご》の匂いは……硫黄泉《いおうせん》だ！」

「へ、何？　温泉？」

「そうだ、温泉だ！　いざ行かん、まだ見ぬ新たな温泉へ!!」

「ちょ、ちょ、ちょい、ちょいまってーな！」

慌《あわ》てふためく狐……いや、繭玉さんを背に、わたしは温泉へと走る。

わたしの名前は湯川好蔵、またの名を温泉饅頭3世、人呼んで孤高の温泉ハンター三十五歳独身地方公務員。

その名に懸《か》けて。

こればかりは、やめられぬのだ。

第一章　異世界名湯選の一　エルフの湯

効能その一　温泉の作法と狐の少女

「で、どうした狐、なにをそうもじもじしておる」

「なにをもじもじってあんたなぁ、あとうちは繭玉《まゆだま》さん！」

「しかし繭玉さん、そうもじもじしていては話も出来ん。状況の説明をすると言ったのはそっちのほうだ」

「せ、せやかて……」

そう言うと繭玉さんは、その大きな尻尾で顔を隠した。うむ、これは愛らしい、ちょっと隙間《すきま》からのぞいている風情も、また、よしだ。

この天上の神からの大いなるギフトとでもいうべき、完全天然自然湧出《ゆうしゅつ》の露天風呂の効能と相まって、なかなかに趣《おもむき》があるという物。

しかし、この温泉、別に掘《ほ》ったわけではないが、かなりの掘り出し物だ。

泉質は鼻で嗅ぎ当てたとおりの硫黄泉。濃度《のうど》はやや薄《うす》めだが、温度は最適。

そこはかとなく森の香りがするのは、きっと地下深くの泉源からここまで湧き上がるの

に、相当の距離《きょり》と時間を要しているからと考えられる。蓄積《ちくせき》された森の養分を、しっかりとここまでに蓄《たくわ》えて上がってきていると考えたら、むしろ単純に硫黄泉とは言えない趣と効能があるに違いない。

しかも浴槽《よくそう》は、ほんの少し上の方から湧きだした温泉が流れ込んで、自然に侵食《しんしょく》したと見える大きな岩盤《がんばん》が凹《くぼ》んでできた天然の岩風呂《いわぶろ》。天然の温泉には珍しくちゃんとした広さと適度な深さもある。

うむ、めったに出会えぬ秘《ひ》めたる名湯。人の手でもこれほどの物はたやすく作れまい……って、こんな名湯を前に、何をやっているのだ、あの狐は。

「いいから、恥《は》ずかしがらずに話をしたまえ」

「いいことあるか！　だいたい、なんであんた全裸《ぜんら》やねん！」

馬鹿なことを言う狐だ。

このような極上《ごくじょう》の温泉に巡り合ったにもかかわらず、温泉に入ることもなく対岸の陸地でもじもじとうずくまっている姿を見た時から、相当頭の悪い狐だとは思っていたが、まさかそんな超《ちょう》ド級《きゅう》のお馬鹿発言に至るとは、な。

「そんなもの温泉だからに決まっておるであろう」

それ以外に答えなどない。

温泉では全裸、これ天然自然の摂理《せつり》なり。

「い、いやまそうやねんけどやな、一応うちも女なんやから、もっとこう恥じらいちゅうもんをやな」

「ほぉわたしが繭玉さんにたいして恥じらいを？」

「それはええ、もうこの数分でそれは期待でけへん事は分かった。ちゃうねん、うちの恥じらいを考慮《こうりょ》してくれいうてんねん」

繭玉さんのその言葉に、わたしはたまらず声をあげて笑った。

「ぬふはははははは」

この小娘《こむすめ》、いや仔狐。温泉という物を全くこれっぽっちも分かっておらんようだな。

「なんや突然《とつぜん》！　気でも狂《くる》ったか？」

わたしの突然の高笑いに、繭玉さんは目に見えてうろたえる、しかし、わたしは何も間違っていないいし狂ってもいない。

むしろ。

「狂っているのはそっちだ、繭玉さん」

「な、なんやて⁉」

仕方がない。

ちっともわかっていない風情の馬鹿な仔狐に、温泉道の初歩の初歩を叩《たた》きこむべく、わたしは湯煙《ゆけむり》をかきあげて立ち上がった。

「びみゃあああああ!!」

「ど、どうした」

「たちあがるなや、どあほ！」

ああ、そういう事か、これは相当ちゃんとした教育が必要だな。

慌てふためく繭玉さんにかまわず、わたしはズイズイと繭玉さんの方へ進む。

「わ、わ、わ、くくくるなや、きたらあかんて」

ズイズイ。

「く、くるなゆうてるやろ！　それとも何か、あれか、エッチなことする気なんやな！」

ズイズイ。

「なんか言えやあほぉ。やめてって、やめて言うてるやろぉ」

ズイズイ。

「あかん、あかんてぇ、ごめんてぇ、許《ゆる》してってぇ、何でも言うこと聞くから、エッチな事だけはせんといてってぇ」

ふぅ、なんという邪《よこしま》な仔狐だこいつは。

エッチな事エッチな事って、温泉という神聖な場でエッチな事なぞしたことないわ！

それ以外でもないわ。

……い、いや、まぁそれはいいとして、ここらあたりできちんと説明をしておいてやるべきだな。

でないと、これではまるで、このわたしがいじめているようではないか。

いじめ、かっこ悪い。

わたしは対岸まで進むとそのまま湯の中にざばりと沈《しず》み、ズイッとにじり寄って繭玉さんの眼前で止まった。

「今、何でもいう事を聞くと言ったな？」

わたしの言葉に「ひっ」という悲鳴を上げて繭玉さんが飛び退《すさ》る。

「ゆ、ゆ、ゆ、ゆうたけど、ゆうたけど！　でも、エッチな事はあかんで、エッチな事はあかんで!!」

エッチな事エッチな事と言い過ぎである。どれだけわたしのキャラは繭玉さんの中で卑《ひ》猥《わい》キャラとしてインプットされているのだ。まったく、不快極《きわ》まりない。

「エッチな事などするわけがない、この馬鹿者」

「せ、せえへんのか？」

「せんわ」

わたしの一言に、繭玉さんは目に見えてホッとする。どうやら本気でエッチな事をされると思っていたらしい。

かえすがえすも。不快極まりない。

「そか、ほんならええわ、なんや、そもそも主さんの言うこと聞いて側にお仕えするようにってお稲荷さんに言われてんねんから、それはＯＫや」

「そうか、それはいいな……ならば……」

そう言うとわたしは、ビシリと繭玉さんを指さし、そのまま繭玉さんに命令した。

「服を脱《ぬ》いで全裸になれ」

すると、繭玉さんは驚愕《きょうがく》の表情で耳をぴんと立て尻尾中の毛を逆立てた。

「やっぱりやあああ、やっぱりエッチな事する気やああ、人間怖いわあ、人間信用ならんわあ」

ああ、もう、面倒《めんどう》な狐だ。

「いい加減にしろ、この狐！」

とうとう怒鳴《どな》ってしまった。

まったく温泉ののんびりとした雰囲気《ふんいき》が台無しではないか。

「あのなっ繭玉さん。ここは温泉なのだぞ。温泉では全裸はルールだ。エッチな事をする気がなくても脱がねばならんのだ」

怒鳴られた上に諭《さと》されて、繭玉さんは一層シュンとしてうずくまっている。そして、シュンとしたまま蚊《か》の鳴くような声で反論した。

「でもあかんねんて、うち男の人の前で裸になったことないねん」

「いや、お前、狐だろ、普段《ふだん》服着てないだろ」

言われて繭玉さんは、混乱から即座《そくざ》に立ち直った。

「あ、ん？　いや、まぁ、そやな、ええんか」

本物のあほだ、こいつ。

「狐の姿でいいから、早く服を脱げこのどあほう」

「え、ええけど、笑ったりしたらあかんで」

「わらう？」

「せや、うちな、ちょっと他の狐と違うねん」

ああ、そういう事か。

「白狐《びゃっこ》なんだろ、いいから脱げ」

「なんでわかってん！」

「お稲荷様のお使い姫はだいたいそうだろ、いいから脱げ！」

「……たくなんやねん、ぬげぬげって何べんも……」

一切《いっさい》の妥協《だきょう》を許さぬわたしの態度に、藺玉さんはこれまたえらく可愛《かわい》い表情でふてくされると「ほな、いくで」と掛け声をかけて後方宙返りを一発かました。

くるん、ぼん、まるっ。

宙返りとともに一瞬煙《いっしゅんけむり》に包まれた藺玉さんの身体は、狐に……狐？？

「犬じゃん」

「犬ちゃうわ！」

わたしの冷静な突っ込みに、藺玉さんは血相を……その姿だと血相が変わったかどうかはわからないのだが、きっとまぁ変わっているだろうな、という勢いで反論した。

しかし、その見た目はどう見ても。

「犬じゃん。てか、狐になった途端《とたん》に耳小さくなるとかって、なんだそれは」

わたしの指摘《してき》に、もうそれはどう見ても白っぽい丸っこい犬になってしまった藺玉さんが、前足で鼻のあたりを掻《か》き掻きしながら言った。

「う、うちな、実は……ホッキョクギツネやねん」

「はぁぁ!?」

おいおい。お稲荷さんのお使い姫業界はいったいどれだけグローバリゼーションが進んでいやがるんだ。

お稲荷オブザワールドか⁉

「いやいや、なんでまた、ホッキョクギツネが日本でお稲荷さんのお使い姫なんかをしている？　どう考えても不自然だろ、それは」

わたしの詰問《きつもん》に、繭玉さんは地面を掘るように前足でいじりながら耳を垂れてシュンとする。そして、少しばかり小さく「ううう」と唸《うな》ると、ひょいっと顔を上げて決意の眼差《まなざ》しで言った。

「いや、その、嘘《うそ》ついててん、うち」

「うそ？」

「うん、うちな、ホッキョクギツネや……ないねん」

いやいや、嘘つくにしてもそれをばらすにしても、早すぎるだろうそれは。

「それどころか、狐でもないねん」

大前提！　それ、大前提！　て、それも嘘なのか。

うーん、ああ、もう、訳が分からん。そして、今ははっきり言ってどうでもいい。どうせ、きっと面倒な話になる。

「まあいい、それより温泉に入れ」

「いいんかいな⁉」

藺玉さんはあきれ声で答える。

結構な覚悟《かくご》で告白した自分の嘘をこうも簡単に流されては、藺玉さん的に立つ瀬《せ》がないのだろうが、この硫黄の香る湯けむりの前では、嘘だろうが本当だろうが、狐だろうが何だろうが大して重要な事ではないのだ。

むしろ邪魔《じゃま》でさえある。

「いいから、早く入れ」

そう、重要なのは、温泉をともに楽しむことだ。

温泉を目の前に、嘘をついたのつかないだの、倦怠期《けんたいき》のカップルの別《わか》れ際《ぎわ》の会話みたいなものは似つかわしくないにもほどがある。

「で、でも主さん、うち四《よ》つん這《ば》いやし入りにくいで」

「そうだな、よし」

そう言うとわたしは、その、想像以上にもっふもふな藺玉さんの白く丸っこい身体をひょいと持ち上げた。

「ひにゃあああ！」

藺玉さんが四肢《しし》をばたつかせて暴れる。

「やかましい！」

「で、でも、突然……」

騒《さわ》ぐ藺玉さんを無視して、わたしはそのままゆっくりお湯に浸《つ》かると、藺玉さんを胸の前で後ろから抱《だ》きかかえた。

すぐに極上のお湯が体を包む。

「ぶっふぅぅ」

「ぷひゅぅぅ」

二人して、いや一人と一匹《ぴき》して、温泉に浸かったときのあの快楽の吐息《といき》をもらした。

「どうだ？」

「そ、そやな、わるくないな」

「素直《すなお》じゃない奴《やつ》だ」

「わかった、わるかったわ、ごっつ気持ちええわ」

その反応にわたしはふっと軽く微笑《ほほえ》むと、その極上の液体の中で体の力を徐々《じょじょ》に抜《ぬ》いてゆく。

「で、でな、主さん、今の状況やねんけどな」

「あとでいい」

「でも……」

「あとでいい！」

本当に、温泉という物を全く理解していない狐だ。

湯煙に心たゆたわせながら、わたしは深いため息をついた。

「とりあえず今は何も考えず、まず温泉のお湯に身を任せて力を抜け」

私がそう言うと、腕《うで》の中にあった繭玉さんの身体の重みが徐々に抜け、お湯にたゆたっていた後《うし》ろ脚《あし》と尻尾がふわーっと浮《う》かんできた。

「あ、ひゃっ！」

繭玉さんはそう小さく叫んで、無意識に浮いてきた自分の後ろ脚と尻尾を何とか沈めようとワタワタする。

「いい、浮かべておけばいいのだ」

「えでも、いや、はい」

ま、確かに、動物の本能的にはかなり情けない姿なのだろうが……な。

温泉とは、そういう情けない姿をさらしてもいい場所でもあるのだよ、繭玉さん。

「目を閉じてみなさい」

藺玉さんの身体の力が完全に抜けきった頃合《ころあ》いを見計らって、わたしはそう命じた。

そして、わたしも静かに目を閉じる。

すると、途端に見えていた世界はぐっと暗黒に狭《せば》まり、次の瞬間、加速度的に音の世界が広がってゆく。

近くを流れる川のせせらぎ、湧《わ》き出る豊富なお湯の力強い響《ひび》き、遠く小鳥の鳴き声、葉《は》擦《ず》れの音、木々を渡《わた》る風、波打つ温泉の水面。そして、自らの心臓と藺玉さんの呼吸の音。

目に見える世界に自分と自然を隔《へだ》てる壁《かべ》はあっても、音の世界にそれはない。

温泉がもたらす驚異的《きょういてき》なリラックス効果が、そのことをより深く、そしてじんわりと教えてくれていた。

「ええ、きもちやなぁ」

藺玉さんはゆっくりそう言うと、ほぉっと息を吐《は》いた。

どうやら、意識せずに出た本当の心の声のようだ。うむ、やっとわかってきた様だな、仔狐め。

「うむ、きもちいいな。それに、お湯に揺《ゆ》られていると、自分の境目が分からなくなる錯《さっ》覚《かく》を覚えるだろう」

「そやなぁ、なんや、うちが山や森と一体になってしもた気分や」

そうか、そこまでわかるか、ならば、これも、わかるよな。

「だから、裸《はだか》なんだよ」

「へ？」

繭玉さんは首をかしげる、それがなんともまた可愛らしい。

「温泉のお湯のその湯ざわり、温度。そのすべてと自分とが皮膚《ひふ》というたった一枚の薄い境界でしか隔てられていない、だからこそ、この一体感は生まれる」

「なるほどなぁ、ただのスケベ心ちゃうんやな」

違うわアホ狐。

スケベ心でこんな大胆《だいたん》なことを女性に強制できるような性格だったら今頃童貞《いまごろどうてい》なんかとっくに捨て去って……いや、なんでもない、なんでもないが、断じてスケベ心ではない。

そう、わたしは温泉は裸で入るのが一番だと思っている人間なのだ。もちろん、なにも裸以外の入浴を認めないわけではない。服を着て入るべきところではわたしも服を着る。ただ、裸で入ることが許される温泉であれば、そして、こういう天然自然の、人跡未踏《じんせきみとう》の温泉であれば、なんの気兼《きが》ねもなく裸で入浴したい。

そして、そんな温泉の楽しみ方を、できれば、気の合う仲間と共有したい。

それはわたしのわがままだ。

だからこそ、この小さな相棒には、わかってほしい気がした。

「全裸は恥ずかしいか？」

わたしの問いに、繭玉さんはゆっくりと答える。

「せやな、恥ずかしないと言えば嘘になるけど、恥ずかしいって理由でこの一体感をなくすのはもったいない、そう思うで」

そうか、それは、ありがたい。

「温泉が自然であるように、人間もこれがきっと自然なんだ。と、思うのだよ」

「確かになぁ、うちらも今、温泉の一部なんやなぁ」

繭玉さんは、すっかり納得《なっとく》してくれたようだ。

「う、うむ、まぁそうだな」

わたしは余裕綽々《よゆうしゃくしゃく》ぶって、そう答えた。

そして、ふと我に返って全力で安堵《あんど》のため息を漏《も》らす。

……いやぁ、あっぶない、まじでやばかった。

というのも、はっきり言って実際は、異世界転生というイレギュラーな出来事プラスとんでもないお宝級温泉を発見したというダブルパンチなイベント。そのせいで、自分の温泉欲のおもむくままに、爆上げ気味に急上昇《きゅうじょうしょう》したテンションに任せて繭玉さんを裸に剥《む》いてしまっていたのだ。

「ふぅうううう」

そりゃ、温泉の湯気に紛《まぎ》れて、長い安堵のため息もつきたくなるというもの。

もちろん、温泉の楽しみ方、それについてわたしの考えに嘘はない。

ただ、元いた世界なら下手すれば捕《つか》まっちゃうレベルのゴリ押《お》しだ、この成功はある意味奇跡《きせき》と言えるだろう。が、うまくいくのであれば、とりあえず、今後もこのペースでいかしてもらう。少々不安だが、なんとかなると思いたい。

と、わたしが人知れずホッとしつつ今後の方針を固めていると、藹玉さんが気だるそうに声を上げた。

「ふあぁ、でも主さん、これ、うちには少し熱いな」

うむ、そんな毛皮が生えていれば当然だな。

「熱ければ出ればいい」

「それももったいないしなぁ……ううん……ま、ええか」

そう言うと藹玉さんは私の腕からするりと抜け出てお湯に潜《もぐ》り、その中でくるりと回転した。と、ボフンという音とともに、お湯の中から人間の姿になった藹玉さんが湯気を巻き上げて立ち上がる。

ふりあげた髪《かみ》から飛び散る湯のしずく、そして同時に渦《うず》を巻く湯気。真っ白なその裸身《らしん》は、その湯気のもやの中でも一際《ひときわ》目立つ光沢《こうたく》を放っていて、正直美しいと思った。そして躊躇《ちゅうちょ》なくその姿になった繭玉さんが温泉の何たるかを理解してきたことがうれしくもあった、が。

「湯を飛ばすな、馬鹿もん」

温泉では御法度《ごはっと》である。

「あ、堪忍《かんにん》な」

そうアッサリ謝《あやま》ると、繭玉さんはスイーッと私の方に近づき、直前でくるっと反転すると、そのまま狐だった時に収まっていた場所に収まろうとしてきた。

全裸の少女が、全裸な私のまたぐらに……って！

「なななな、何をするかこの狐！」

うろたえるわたしを見て、繭玉さんはにやりと笑い平然と答える。

「これはこれは主さん、温泉で変な気分になったんちゃいますやろな？」

ぐっ……この狐め、いいよる。

「そ、そんなわけはあるか」

「じゃぁいいですやん、もっぺん後ろからきゅってしてな」

そう言うと藺玉さんはわたしに身を預けて「ふぁー」と一声発すると、まるで温泉道上級者のように瞬時《しゅんじ》に体の力を抜いてしまった。

……くっそ、可愛いなこいつ。

あ、でもそうだ、よくよく考えてみれば、この様子はどう見ても親子だ。むしろ、ほほえましい光景ではないか。

うむ、大丈夫《だいじょうぶ》だ、そう考えると全く平気……だ……って、アハッこれくすぐった……。

「ま、藺玉さんっ」

「なんや主さん」

「尻尾《しっぽ》って収納できませんかね」

「ああ、堪忍な、邪魔やってんな」

と、足の上でもにゅもにゅしていた尻尾の感触《かんしょく》がひゅっと消えた。

「なぁ藺玉さん」

「なんや、主さん」

「藺玉さんはホッキョクギツネ的な何かなのだろ、なぜ普通《ふつう》の狐耳と狐尻尾なのだ?」

わたしの問いに、藺玉さんは一度うーんと唸って首をかしげると、それでものんびりと答えた。

「うちなぁ、さっきも言った通りホッキョクギツネちゃうねん、それどころかな、生き物ちゃうねん」

そう言うと繭玉さんは「嘘ついてたことは謝るわ」と小さくつぶやき、わたしに抱きかかえられたまま振《ふ》り向いて小さく頭を下げた。

ま、わたしとしてはこれっぽっちも気にしていないのだが、しかし、生き物ではないとすると。

「ほぉ、ならば付喪神《つくもがみ》的な何かか？」

「えらい詳《くわ》しいな主さん、まぁそれや」

付喪神。信心深いかお祖母《ばあ》ちゃん子か、もしくはオカルト系の物語が好きな人間ならば知らないものはいないない、メジャーな奴だ。長いこと人に使われたり大事にされたりしたものに霊《れい》が宿るという、まさに日本的な考えの物なのだが。

それにしても、付喪神でお稲荷様のお使い姫とは、かなりの大出世に思える。

「しかし、付喪神でお稲荷様のお使い姫とは、すごいな」

わたしがそう褒《ほ》めると、繭玉さんは「それほどでもあらへんわ」と言いながらも、湯で赤く染まりつつあった顔をさらに赤く染めた。

「うちな、もともとお稲荷さんに奉納《ほうのう》された繭玉やねん。せやからそのままお稲荷様にお使い姫として使《つ》こてもろてん」

「繭玉?」

「うん、御蚕様《おかいこさま》を育てる地域でな、生糸《きいと》の取れがようなるようにってお供えする丸っこい奴や」

ああ、見たことがある。木の枝に蚕の繭《まゆ》を模した赤と白の球をつけたやつだ。

「ほぉ、で、なんでホッキョクギツネなのだ」

「それな、うちのこと作ってくれはったお子さんがな、お稲荷さんに納める繭玉やよってに狐の形につくらはってん。ほしたら、なんや生き物に詳しいおっちゃんがな、こりゃホッキョクギツネそっくりやっ、てな」

確かに、白の繭玉で狐を作ったらホッキョクギツネだな。

「しかし、ではなぜ普通の狐ベースで狐っ子に化ける?」

「ホッキョクギツネがベースで人になったら……主さん想像してみ?」

ん? ホッキョクギツネがベースの狐っ子か……うーん、白のモフモフの尻尾に、ちっこい白い耳。うん、そうだな。

「それもまた、さらに犬だな。犬っ娘《こ》だ」

「な、せやろ?」

まぁ確かに狐のアイデンティティー的には問題なのだろうな。

「それにな、うち、普通のお狐様にあこがれててな。あの金色の毛、とがっておっきな耳……最高や」

わからないでもない、気はする。

きっと、何もホッキョクギツネより普通の狐の方が素敵《すてき》だと繭玉さん自身が思っているわけではないだろう。その証拠《しょうこ》に、狐モードの時は律義《りちぎ》にホッキョクギツネになるのだから。しかし、それよりも何よりも、自分が作り物の狐であるという事が引っ掛《か》かっているに違《ちが》いない。作り物で、さらに日本にいるはずのない狐の姿がそれを裏付けていて。

普通に初めから狐である、狐であることが当たり前な、そんな他の狐をうらやむことも多かったのだろう。

ふむ、でもなぁ。

「わたしは、ホッキョクギツネの繭玉さんは非常に綺麗《きれい》で可愛いと思うぞ」

わたしが何気なくそう言うと、繭玉さんははじかれるように立ち上がり、全裸の姿を器用に股《また》からくぐらせた尻尾で隠《かく》しながら後ずさった。

うむ、とっさに出したり引っ込めたりできるのだな、尻尾。

「な、ななな、何を言い出すねん！　主さんは‼」

「何って、普通の感想だ」

「ば、ば、ばかやろぉぅ」

と、なんとなく楽しくふたりでじゃれ合っていた、その時だ、背後の茂《しげ》みでガサガサっと音がした。

その音にわたしよりも一瞬《いっしゅん》早く繭玉さんが反応する。

「だれや！」

耳と尻尾《しっぽ》の両方を逆立て、茂みを睨《にら》むその姿は、さすが付喪神というだけの事はあってそれなりに神格を感じさせる颯爽《さっそう》としたものだったのだが。いかんせん全裸だ。しかも温泉だ。

若干間抜《じゃっかんまぬ》けに映ってしまうのもまた、温泉の魔力《まりょく》だな。

などと、とぼけたことを考えていると、茂みから出てきたのは……ん？？？

腰《こし》まで伸《の》びた長い金髪《きんぱつ》、高い鼻、白い肌《はだ》、大きな緑の瞳《ひとみ》……そして何より、ピンととがった耳。これは……。

「エルフ？？」

どう見てもエルフ、エルフの少女だ。

その、笑っちゃうほどにファンタジーな展開に、わたしが驚《おどろ》きのあまり立ち上がると、突然、エルフの少女が叫《さけ》んだ。

「レフレバリンド！　バアアデショオオオオオオオ!!」

意味不明である。

不明ではあるが、原因は全裸であることを忘れて立ち上がってしまったわたしにあることは、よくよく理解出来た。証拠に、エルフの少女は叫びながら片手で顔を覆《おお》っている。

そしてもう片方の手で、何やら先端《せんたん》に宝石がはまった杖《つえ》をこちらに向けて構えた。

「主さん伏《ふ》せてて！」

繭玉さんが、何か胸元《むなもと》で指をごちゃごちゃと動かしながら、叫ぶ。

そう言われれば伏せないわけにはいかないが、伏せようとしたその時エルフの少女が大声で叫んだ。

「ライトニング・ボルト！」

その、今度ははっきりと明確に英語で構成された掛け声とともに、杖の先から光の奔《ほん》流《りゅう》が二人に迫《せま》った。と、それに合わせて、極めて冷静に繭玉さんが叫ぶ。

「カン！」

途端にわたしと繭玉さんの周りに光の壁が出来て、エルフの放った光を吹《ふ》き飛ばした。

「ま、繭玉さん……これは一体」

「お稲荷《いなり》さんにちゃんと説明受けてたんやろ？　異世界に飛ばすゆうて」

そういえば……そんなことを言っていたような気がする。

「じゃぁ、じゃぁこれって……」

うろたえるわたしに、繭玉さんはにやりと微笑んで颯爽と言った。

「そうや、これが現状や、あっちで死んだ主さんはこのファンタジー的なところに飛ばされてきたんや」

「そういうことはもっと早く言え」

「後でええいうたんは主さんや」

そうだった。人の忠告は素直に受け取るものであるな。

「それとな、主さん」

「今度は何だ」

繭玉さんは、魔《ま》法《ほう》をはじかれて放心状態のエルフを睨みながら、さも楽しそうにこういった。

「人が温泉つかっとるときに、服着てやってくる人間っていうのは、ごっつう腹立つな！」

満面の笑《え》み、そうか、ああそうだな！

「ははは、わかってきたじゃないか」

「うん、主さんのおかげや」

そう言いながらもエルフに向かってズイズイと近づいて行く繭玉さんの、その小さい背中の頼《たの》もしさ。

「こっちこそ、頼《たよ》りにしてるぞ、相棒！」

「や、やめや、そういうのは後で言うてや」

なにが「やめや」だ、小さい尻《しり》についている可愛い尻尾をブルンブルン振っておきながら、白々しい。

「それに、うちは相棒やのうて主さんのお世話係やで」

お世話係か、ま、いい。

とりあえず、楽しくなりそうなことだけは、わかった。

それだけは、ものすごく、理解できた。

効能その二　エルフの少女と呪《のろ》いの湯

「本当に申し訳ございませんでした！」

と、美人のエルフが頭を下げている。

その様子を、わたしは、なかば困惑《こんわく》してぼんやり眺《なが》めていた。なんせ湯上りだ。

そう、まだあの素晴《すば》らしい硫黄泉《いおうせん》から出て、あまり時は経《た》っていないのだ。

あの時、エルフが出現して魔法を放った後、エルフと繭玉《まゆだま》さんのSFサイキックバトル並みのくんずほぐれつの最中も、とりあえずまったく興味のなかったわたしは、繭玉さんの作ってくれたバリア的な物の中でゆっくりと温泉を満喫《まんきつ》させていただいたのだ。

そして、そののちすっかり満足して、勝利者となった繭玉さんとともに気絶したエルフの少女を抱きかかえたまま、繭玉さんの驚異的な勘《かん》を頼りに、森の中にあるエルフの郷《さと》にやってきたわけなのだ、が。

これが、そこについたとたんに大騒《おおさわ》ぎ。

一見のどかな森の中、その林立する大樹に寄り添《そ》うように数十件のツリーハウスで構成されていたエルフの郷の住民は、わたしの傍《かたわ》らにいた繭玉さんに気付くと、腰を抜かさんばかりの動揺《どうよう》を見せ、あれよあれよという間に何やら一番立派な建物の一番立派な部屋の一番立派な椅子《いす》に座《すわ》らされ、郷で一番立派な人が目の前でへいこらしているというダッシュな展開になっている。

しかも眼前に居並ぶは美男美女ぞろいのエルフたち。その場の勢いで魔王《まおう》でも倒《たお》しに行った方がいいのかなと思ってしまうほどのファンタジーぶりである。ま、頼まれても絶対にごめんではあるが。

「ま、まさかこの集落の若い者に、プデーリの眷属《けんぞく》を知らぬ者がいるとは思いませんでしたので……」

と、確かオーヘンデック・リュ・ヒューメインと名乗った超絶《ちょうぜつ》美人の族長さんが、床《ゆか》を頭突《ずつ》きで叩き割《わ》ってやろうか的な勢いでへいこらしている。

聞けば、プデーリの眷属とは、もうそれは神話に近い伝承の中にしかいない生き物で、人になったり獣《けもの》になったり獣っ娘になったりすることのできる人たちなんだそうだ。しかも狐《きつね》は最上級。というのも、この世界にいるという事になっている十八柱の女神《めがみ》の一人にして最高神、プデーリの眷属にその名を刻む豊穣《ほうじょう》と淫欲《いんよく》の女神プデーリが狐だからなのだそうだ。

そんなこんなで、先程《さきほど》の魔法《ま ほう》攻撃《こうげき》少女、確か族長の妹のリリウム・リュ・ヒューメインさんは、死刑《しけい》宣告を待つ罪人のように震《ふる》え上がっているという次第《しだい》である。

「こともあろうに、プデーリの眷属の中でも最も貴《とうと》きお狐様に対し、こちらから攻撃《こうげき》を加えるとは……」

族長のオーヘンデックはそう申し訳なさそうに言葉を絞《しぼ》り出すと、今にも「八《や》つ裂《ざ》きにしてやろうか！」といった表情でリリウムを睨んだ。

一方、リリウムは、乾燥《かんそう》わかめのように縮こまっている。

「……この愚《おろ》かな娘《むすめ》をいかように処刑《しょけい》すべきか、どうぞ貴きお方のお知恵《ちえ》をお借りいたしたい」

えー、それはめんどくさいな。

わたしは小声で繭玉さんにささやく。

「という事らしいけど、どうするの繭玉さん？」

聞かれて繭玉さんも困惑気味だ。

「んなこと言われたかて、うち、処刑なんてしていらんわ」

ま、だろうな。

さてどうしたものか、と思案に暮れていると少女リリウムが突如《とつじょ》顔を上げ、悲痛な面持《おもも》ちで進言した。

「わ、私の言い分も、どうかお聞きくださいませ！」

これには族長で姉のオーヘンデックが、血管よ吹き飛べ！　といった勢いで激高する。

「たわけものが！　尊きお方に刃《やいば》を向けたばかりか、言い訳をしようとするなど……ええい、今ここで切り捨てて……」

困ります。

「やめんか馬鹿者ども!!」

と、えらい人が大声を張り上げると、とりあえず争い事が一段落つくというのは、長い地方公務員生活で身についた数少ないスキルの一つ。ああ、あの年中酔《よ》っぱらって怒鳴り散らしていた町議会議長の町岡《まちおか》さんは今何をしているのだろう……などという事は今はどうでもよい。

が、町岡さんに教わった町岡スキルは効果てきめんで、族長オーヘンデックは慌《あわ》ててその場に平伏《へいふく》した。

「で、リリウムとやら、言いたいことがあるなら言いなさい」

基本的にわたしは血を見るのが嫌《きら》いである。しかもこんな美少女が自分のせいで処刑されるなど破滅的《はめつてき》に夢見が悪い。ここは許《ゆる》してあげられるきっかけになる何かを引き出すためにも、話を聞いておいた方がよかろう。

何事も穏便《おんびん》が一番である。

「は、はい、わたしとしては、あのヒュディンの中に裸で浸かっている人影《ひとかげ》を見て、これは悪魔《あくま》に違いないと……」

リリウムの言葉に、幾人《いくにん》かのエルフが「確かにそうだ」と小声でささやき、族長オーヘンデックに睨まれて身をすくめた。その態度、何か嫌《いや》な予感がする。

「ヒュデインとは、なんだ」

「はい、ヒュデインとはエルフ族のいにしえの言葉で呪われし死滅《しめつ》の泉という意味。あの、呪いの湯を指す言葉でございます」

な、なんだとこの野郎《やろう》！

「お、温泉が呪いの湯だと！」

「お、オンセン……？」

「あの湯の湧き出る場所の事だ！」

「は、はい‼　ヒュデインは水であるにもかかわらず天の摂理《せつり》を違え火の魔力を纏《まと》い、生き物を死滅させる毒を含《ふく》んだ、この世界において最も呪われた場所でございます！」

よし決めた、処刑しよう。

いや、もう全員処刑だ。エルフ族はことごとく打ち滅《ほろ》ぼして村を焼き払《はら》い草木一本たりとも残さずに死滅させるのがこの世の為《ため》だ。これこそお稲荷様によってこの地へ遣《つか》わされたわたしの使命だ。間違《まちが》いない、今決めた。

「こ、これはこの世界では当たり前の常識でございます」

よし、世界ごと滅ぼそう。この世界は害悪だ。この世界を荒涼《こうりょう》とした不毛の世界へと変えてくれよう。

「ちょっと主さん、物騒《ぶっそう》なこと考えてへんやろな」

「う、なぜばれた」

「目が怖《こわ》くなったはります」

そうか、うむ。さすがに世界を滅ぼしてはいかんな。

しかし何という事だ。まさかこの世界の人間が温泉を呪いの湯だと認識《にんしき》して忌避《きひ》しているとは驚きだ。さすがに世界を滅ぼすわけにはいかないが、この状況《じょうきょう》を放置しては、この湯川好蔵《ゆかわこうぞう》、またの名を温泉饅頭《おんせんまんじゅう》3世《せい》、人呼んで孤高《ここう》の温泉ハンターの名がすたる。

さて、どうしてやろうか……、そうだ。

「よし、リリウム。貴様の処刑方法は決した！」

勢いよく宣言したわたしの言葉に、繭玉さんが目も口も最大限に開いて驚愕《きょうがく》する。

「ちょ、ちょっと主さん？　それ本気で言ってますの？」

「ああ、本気だ、まぁ見てな」

わたしは繭玉さんに不敵な笑みを浮かべて安心させると、リリウムに向き直った。

「リリウム！」

「はっ」

「そなたの犯《おか》した罪は万死《ばんし》に値する。しかも、だ、そなたが刃を向けたのはプデーリの眷属たる狐、そこの繭玉だけではなく、その主でありプデーリより直接の命でこの地へ遣わされた我……」

そこまで聞いて、たまらず族長オーヘンデックが顔を上げ、繭玉さんに向かって震える声を漏らした。

「な、なんと、そちらの方はプデーリの眷属であるあなた様の主だと……」

それに対して繭玉さんは、ははぁんという顔でわたしを見ると、かしこまって答えた。

その小さな身体で、いかにも「わたしは偉《えら》いんだぞ」と言った雰囲気《ふんいき》を醸《かも》し出そうと背を伸ばすさまは、七五三の子供のようでこれまた愛らしい。

「い、いかにも……やで、で、です。うち……いや、わたしは、そこにおられる主様のお世話をしろとおいな……いやプ、プデーリ様から直接の使命をもろ、いただいてますのですさかい、なりけり」

なにを無理にかしこまった言葉を使おうとしているのやら。別に関西弁のままでいいではないか。おかげで何を言っているのかわかりにくくて仕方ない。

でもまぁ、ナイスだ繭玉さん。

「ごほん、で、このわたし、孤高の温泉ハンターこと温泉饅頭3世はその名においてリリウムをヒュデインの中に放り込むことに決めた！」

と、ぶち上げておいて繭玉さんを見る。繭玉さんは満面の笑みだ。

「主さんらしいわ」

「だろ？」

とここで、再び族長オーヘンデックが口を挟《はさ》んだ。

「お恐《おそ》れながら申し上げます！」

ええ、申しあげなくていいよ、もう、面倒《めんどう》だな。とも言えず。

「うむ、許そう」

「は、オンセンマンジュウ3世様の御慧眼《ごけいがん》、誠《まこと》に恐れ入りましてございます。が、であれば、中ヒュデインである腐のヒュデインではなく大ヒュデインである極黒《ごくこく》のヒュデインに身を投じるべきかと存じます」

そ、それって、もしや。

「あ、あのほかにおんせ……いやヒュデインがあるのか！」

「は！　ゴーリーの森を抜けたところにございます！」

「湯加減は⁉」

「は？」

「泉の温度だ！」

「は、はぁ……一度獣が落ちているのを見たことがありますが、生きていましたのでそう高温ではないかと……」

ふ、ふふふふ、ふふふふふ。

これはひょっとするとひょっとするぞ……。

硫黄泉が腐のヒュデインという事は、その頭についてる冠《かんむり》は特徴《とくちょう》を表すという事で間違いなかろう。なんせ硫黄泉は卵《たまご》の腐《くさ》った臭《にお》いが、一番の特徴なのだから。となれば、極黒のヒュデインというのはあれ以外には考えられない。まさに森の民エルフにふさわしいあの温泉である可能性が高い。

「なぁ主さん、これって新しい温泉やな」

ふと見ると、今この場で服を脱《ぬ》ぎだしそうな風情《ふぜい》で、繭玉さんも欲深い笑みを漏らしている。

さすがわたしのお世話係、いや、我《わ》が温泉道の弟子《でし》。

「うむ！　オーヘンデック大義である！　では今すぐ向かうぞ、支度《したく》をしろ!!」

というわけで、わたしたちはまだ見ぬ温泉へと向かう事となった。

処刑なんかもう、どうでもいいのだ。


「ぷひゅう、これはまた、たまりませんね、主さん」

「うむ、これは想像以上の名湯だな、繭玉さん」

リリウムに連れられてたどり着いた温泉につかりながら、わたしと繭玉さんは腑抜《ふぬ》けた声と共に快楽の息を吐いた。

相変わらず繭玉さんはわたしの股の間に収まって、後ろからだっこ状態である。

「はいぃ、もう、ごくらくですわぁ」

そう恍惚《こうこつ》の声を上げる繭玉さん、今度は温泉を発見したとたん疾風《しっぷう》のスピードで服を脱ぎ、そのまま入っていったのだから恐れ入る。たった一度で、どうやら温泉の虜《とりこ》になってしまったようで、わたしとしてもうれしい限りなのだが、それにしても……。

本当に良い湯だ。

極黒と聞いた時から予想はしていたが、まさに予想通り。このこげ茶が極《きわ》まって黒色へと変ずる湯色はまごうことなき植物性腐敗《ふはい》物質フミン酸を含むモール泉。いわゆる黒湯《くろゆ》だ。森の民エルフにふさわしい大樹の恵《めぐ》みだ。

泉質はこの重曹臭《くさ》さとぬるつきから見て炭酸水素塩泉で間違いない。しかも黒色具合も泉質の濃度《のうど》も申し分ない。広さも適度、温度も抜群《ばつぐん》だ。効能は消毒性の高い黒湯である以上、皮膚病《ひふびょう》や各種傷、しかも炭酸水素塩泉でもあるから、お肌とぅるんとぅるんの美人湯であることは明白。

しかしそれよりも何よりも、このロケーションの良さはどうだ！

うっそうと茂る森の真ん中にぽっかりと空いた穴のようなこの温泉。まさに温泉に浴しながら森林浴までできてしまうというお得感。しかも周りに林立する木々の樹齢《じゅれい》たるや千数百年は優に越《こ》えているだろう大樹ばかりで、森林浴には詳しくはないが、とにかくその爽快《そうかい》さと来たら……。

「主さん……うち……このまま寝《ね》てしまいそうや……」

繭玉さんが身をもって証明する、超絶リラクゼーション効果。

「だなぁ……寝るのは危険だが、その気持ちよくわかるぞ……我が弟子よ……」

「ししょぉ……」

「あのぉ、これはいったい何なのでしょうか……」

まどろみの淵《ふち》で耐《た》え忍《しの》んでいたわたしが声のした方を見ると、そこには、強制的に全裸《ぜんら》に剥かれて温泉に浸《つ》かっていたリリウムが、恥《は》ずかしいのか体育座りの姿勢でちっさくなったままこちらを悲しそうに見ていた。

しかし、いったい何なのでしょうって、温泉に決まっているだろう。それ以前に黒湯なのだから恥ずかしがることもないだろうに。中まで見えやせん。

「気持ちよくはないか」

「い、いえ、あの、恐ろしくてそれどころでは……」

まぁ仕方がないと言えば仕方がないのだろうな。何せ呪いの湯に放り込まれて処刑されるつもりで来ているのだから。生きた心地《ここち》はしないだろう。

「主さん、ほんまに温泉ちゅうもんは気持ちに左右されやすいもんやねんね」

「そうだな、心構えは大切だ」

「ねぇ主さん、そろそろリリウムさんにも堪能《たんのう》してもらいましょうよ」

うむ、そうだな。さすが我が弟子、よい事を言う。

「なぁリリウム」

「は、はい！」

わたしの言葉に、弾《はじ》かれるように立ち上がってリリウムは答えた。

いや、その、なんだ、確かに温泉は全裸がルールだが、至近距離《きょり》でうら若き美人のエルフに立たれては、目のやり場に困ってしまう。

……しかし、彫刻《ちょうこく》みたいな身体をしてるんだな、エルフというやつは。

均整が取れて引き締《し》まった身体に大きくも小さくもない胸がシャキッとついている。手足は長く、肌のきめは細かい。こうまで整っていると、逆にエロくない。

とか、言っている場合でもないか、恐怖《きょうふ》で羞恥《しゅうち》も忘れているリリウムが不憫《ふびん》でならない。

あと、湯冷めしたら風邪《かぜ》をひく。

「うむ、リリウム。気持ちはわかるが座れ、丸見えだ」

「ひゃぁぁ」

わたしの言葉に、リリウムは顔を真っ赤にして座りこむと、惨《みじ》めな顔つきで私を見つめた。

「あー、リリウム、処刑の件なんだがな」

「は、はい」

「ありゃ嘘《うそ》だ」

「う、嘘って、嘘ってなんですか！」

そう言うとリリウムは、またしても全力で立ち上がる。

「り、リリウム、座れ、丸見えだ」

「ひぃぃぃぃ」

馬鹿かこいつは。でもなんだ、これはこれで面白《おもしろ》いな。

「嘘というのは嘘だ、やっぱり処刑する」

「どういう事なんですか!!」

立ち上がる。

「リリウム、丸見えだぞ」

「うひぃぃぃぃ」

あ、やばい、面白い。

と、ここで見かねて藺玉さんが止めに入った。

「主さん、あほなことして女の子からかったらあきませんよ」

「うむ、すまん調子に乗った」

二人のやり取りに、もはや泣き出してしまいそうな風情でリリウムはぼやく。

「もう、なんなんですか……私はいったい……」

と、藺玉さんが明るい声で言った。

「処刑する気なんて最初からないねんで」

わたしの股間《こかん》から離《はな》れ、スイーッとリリウムの側に近づくと、繭玉さんはリリウムの頭をなでながら続けた。

「あんな、うちも主さんも、別にリリウムさんを処刑なんかしとないねん。ただな、リリウムさんたちの言うヒュデインがな、うちらの世界で言う所の温泉ちゅうごっつええもんと同じようやったからな、それを確かめに来ただけやねん」

「お、オンセン？」

「せやせや、さっき主さんも言ってはったやろ、温泉や」

「温泉……」

むぅ、さすがはお稲荷様からお使い姫《ひめ》に任じられるレベルの付喪神《つくもがみ》だな。なかなか人あしらいもうまくて、福祉課《ふくしか》の窓口辺りで働いてもらいたくなる手腕《しゆわん》だ。

きっとおばあちゃん達に大人気となるだろう。

そんな繭玉さんに気を許したのか、リリウムは恐る恐る尋《たず》ねる。

「で、では、このヒュデインは呪われてはいないとおっしゃるのですか」

何を当たり前な事を。

「呪われてなぞいない」

藺玉さんの代わりにわたしが答える。

すると、リリウムは温泉の湯を掌《てのひら》にすくって、いぶかし気な表情で眺めた。

「で、では、私は呪われないのですね」

「呪われるどころか、なんや、ええ気持ちやろ？　身体にもええねんで、温泉」

藺玉さんはそう言うと、わたしに向かって目配せをした。

「うむ、温泉はとても身体にいい」

「な、いうたやろ？」

展開の速さにぽかんとするリリウムを尻目《しりめ》に、わたしと藺玉さんは顔を見合わせて優《やさ》しく微笑《ほほえ》む。

と、その時だ、草むらから一人のエルフがふらふらっと現れた。

なんだ？　もしかするとこの世界の温泉は草むらから人が出てくるシステムかなんかがあるのか？

「そ、それは本当なのですか……」

見るとそれは、族長オーヘンデックだ。

「妹は、リリウムは処刑されずに済むというのですか？　このヒュデインに入っても、呪われることはないというのですか？」

なるほど、一族の前では気丈《きじょう》にふるまっていても、一人の姉として妹が心配でならなかったというわけか。うむ、そう言うのは嫌いではないぞ。むしろ大好物だぞ。

「ね、姉さま、私は……」

「リリウム！」

感激の面持《おもも》ちで向かい合う姉妹《しまい》、しかし妹は全裸で姉は着衣《ちゃくい》、そう、ここは温泉。

わたしは繭玉さんをちらりと見た、するとこの先の展開を見越《みこ》してか、とがった耳をピクピクさせてなんとも嬉《うれ》しそうに微笑んでいる。

そうか、うむ、では言おう。

「エルフ族長オーヘンデック！」

「はっ！」

「そなたの妹リリウムの罪は晴れた、安心しろ処刑などせん」

すると族長オーヘンデックはその場にへなへなとしゃがみこんだ。

妹リリウムも、湯の中でさめざめと涙《なみだ》を流す。

感動の名場面。

だが、そんなことは後回しだ。

「そんな事よりオーヘンデック、ここは温泉だ」

わたしはその場でざばりと立ち上がり、腰に手を当てて声高らかに命じた。

「いいから、まず、服を脱いで全裸になりたまえ」

わたしの言葉に、族長オーヘンデックは口を開け目を丸くして戸惑《とまど》う。が、そこはさすがに族長、その場にいる全員が全裸であることを確認《かくにん》すると、躊躇《ちゅうちょ》なく衣を脱ぎ始めた。

うむ、筋がいい。

さぁ、エルフの姉妹よ、心おきなく温泉を楽しもうではないか。

効能その三　エルフの族長と温泉の効能

「ふう、しかし何ともこれは、良きものでございますねぇ」

黒褐色《こっかっしょく》のお湯につかりながら、エルフの族長オーヘンデックは、その豊満な胸をぷかぷかと浮《う》かべて感心しきりだ。

「ふふふ、貴殿《きでん》も温泉の良さが分かってきたと見えますな」

満足げにそう言ったわたしと隣《となり》に座る族長のはるか向こう、ほぼ対岸の辺りでは、繭玉《まゆだま》さんとリリウムがチャプチャプと水しぶきをあげながら、キャッキャとじゃれ合っている。やはり子供は（子供か？）打ち解けるのが早い。ただ、それ以上騒《さわ》いだり水しぶきを上げたら怒《おこ》るぞ、気をつけろ。

「は、オンセンマンジュウ3世様のおかげで、このような至福を味わう光悦《こうえつ》に浴することが出来ましたこと、このオーヘンデック・リュ・ヒューメイン望外の幸せに存じます」

族長オーヘンデックは、湯の中でわたしに向き直って頭を垂れる。

うん、堅い、絶望的に温泉に合わない。

「う、うむ、族長オーヘンデック、気持ちはありがたいが、ここは温泉。その堅苦《かたくる》しい物言いはご法度《はっと》だ」

「そ、そうなのですか？」

「そうだ、温泉は究極の癒《いや》しと安楽を求める場所。身体のみならず精神の力をも抜《ぬ》かねばいかんのだ」

「なるほど、深いものですね」

「ああ、たとえ隣に座っているのが神であったとしても、礼節を保ったまま友人の如く接するのが決まりだ」

「勉強になります」

そう言って族長オーヘンデックは、深く頷《うなず》く。

うん、この族長、意外に話しやすい。

「あと、わたしの呼び名はハンターさんでよい、それは温泉の外でもだ」

いろいろ考えた結果、わたしの中でそう決まった。

まさかあっちの世界での本名を使うのは異世界感が薄《うす》れて面白くないし、オンセンさんやマンジュウさんでは興ざめだ。どうせ繭玉さんは主さんとしか呼ばないだろうし、ハンターさんが無難でいいだろう。

「わかりました、ハンター様。ところで聞きたいことがあるのですが」

「なんだ？」

そう言うと族長オーヘンデックは、温泉の湯を不思議そうに見つめながら尋ねた。

「我々は長い間、この温泉を呪いの湯ヒュデインとして忌避してまいりました」

語りながら族長オーヘンデックはそのすらりと長い腕《うで》を水上に出し、滴《したた》る水滴《すいてき》を腕に塗《ぬ》り込む。

深い森の中、リリウムとはまた趣《おもむき》の違《ちが》う大人の色気をたたえた絶世の美女たるエルフの族長が、立ち上る湯けむりの中、ぬるつく湯と戯《たわむ》れる様は一枚の絵画の様で感嘆《かんたん》のため息をつきそうになる。

「もちろん無知と臆病《おくびょう》のせいもありましょうが、それはなにもエルフだけでなくほとんどの者たちが同じようにこの温泉を怖がっておるのです」

「何かその様な伝承でも？」

「いえ、固定されたものはありません、それぞれの部族にはあるのでしょうが」

「ではなぜ、忌避するんです」

と聞いたものの、実は思い当たる節がある。

先程エルフの村でリリウムは『水であるにもかかわらず天の摂理を違え火の魔力を纏い、

生き物を死滅させる毒を含んだ』と説明していた。つまりそういう事だろう。そしてそれは、間違いなく温泉の特徴そのものだ。

だからこそ、温泉を地獄《じごく》と称《しょう》する地方があるくらいだ。

「それは天然自然でありながら火の熱を持つ水と、生き物の住まぬその毒にあるのです」

やはり、な。

「我々は水の精霊《せいれい》が生を火の精霊が死をもたらすと考えております。ですので、水がぬるめばぬるむほど、生命は死に近づくと考えるのです」

わからないでもない考え方だな。

確かに水は命を育み、火はそれを破壊《はかい》し燃やし尽《つ》くす。

「身体が熱を帯びれば生き物は弱り、それが一定を超《こ》せば死にます。生きること、育つことに熱は必要ですが、生き育つとは死に向かうという事でもあるのです」

なるほど、理屈《りくつ》は通っているな。ただ、迷信《めいしん》は迷信だ。

とはいえ、よその文化の伝承を迷信と決めつけて諭《さと》すのは、あまり気の進むことではない。温泉の事となればわたしは傲慢《ごうまん》な人間だが、それ以外においてはそこまでではないのだ。むしろ、温和だと言っていい。

「ふむ、それはなかなかに首肯《しゅこう》できる話ではありますが、温泉の湯の温かさにおいては、少し的外れな話ですな」

「そうなのですか」

ううむ、何かこうファンタジックな理由を考えねばならんな。

「そうですね、水の精霊がこのように熱くなっているのは、火の精霊を招き入れたからではなく、大地の精霊に抱《だ》かれていたからなのですよ」

間違っては、いない。地下水が暖められて温泉となるのは、何も直火《じかび》で焚《た》いたからではない。それがマグマにしろ地殻《ちかく》の圧力にせよ、長い年月をかけて地熱によって暖められたからだ。

「愛をもって抱かれれば、抱きしめたモノの命の熱で抱かれたモノは熱を帯びる。そういう事ですな」

う、なんかこっ恥《ぱ》ずかしいぞ、これは。思いつきとはいえ、なんか乙女《おとめ》チックだ。三十五歳《さい》の中年男が真顔で言う事ではない気がする。

繭玉さんが近くにいなくてよかった。

「なるほど、大地の精霊に抱かれたからだと……それは、とても素敵《すてき》です」

しかし、ありがたいことに、族長オーヘンデックは、わたしの恥ずかしい説を気に入ってくれたようだ、胸に手を押《お》し当て瞳《ひとみ》を輝《かがや》かせて感じ入っている。

が、すぐに真顔に戻《もど》って続けた。

「では、この魚住まぬ毒の水は何でございますか？」

うむ、それはそんなに難しい事ではないんだがな。

「族長オーヘンデック、エルフには何かよく効く薬はあるかな？」

「薬？　ええ、沢山《たくさん》ございます。それがなにか」

「その中の一つ、どれでも構わんのだが、薬には決められた量という物があるだろ？」

問われて族長オーヘンデックは少し首をかしげると「確かにございます」と答えた。

「そのよく効く薬、例えば決められた量の10倍を一気に飲めばどうなる？」

「そんなことをすれば……逆に寝込むか、下手をすれば死にますね」

そういう事なのだよ、エルフの族長。

「わからんかな？　我々は魚より何十倍もの大きさがあるのだ」

そこまで聞いて、族長オーヘンデックは「おお、そういう事ですか」と声を上げた。

うん、本当に理解が早い、さすがは族長と言ったところだな。

「ではこの湯には薬効があるという事ですか」

正解だ。そして、それが温泉の醍醐味《だいごみ》だ。

「もちろんだとも、例えばこの湯、まずこの色だ」

「色……ですか」

「ああ、この黒褐色の色はフミン酸という成分を含んでいる証拠《しょうこ》となるもので、そのフミン酸とはな……」

そこまで言って、わたしは族長オーヘンデックを見つめてにやりと笑った。

「森の生命力そのものだと言っていい」

「森の……生命力……」

族長オーヘンデックの顔が、一気にほころぶ。

「ああ、そうだ。かつて清浄《せいじょう》な森に生い茂《しげ》った木々が、悠久《ゆうきゅう》の時を経て倒れ土となる時にこの湯に託《たく》した生命力。それこそがフミン酸であり、この色の素となるものなのだ」

フミン酸は植物が分解される際に染《し》み出した有機成分、間違った説明ではなかろう。

エルフという種族について元いた世界で見聞きしたその特徴、そして実際にこの目で見たエルフの村、その場所、その造り。どれをとっても、彼《かれ》らエルフが森や樹木と共にある種族で、それに親しみを持っていることは目に見えてわかった。だからこそ、この湯はエルフにこそふさわしい湯なのだ。

「森の大地に抱かれ木々の命を宿した湯……もうそれは呪われたどころか、我々エルフにとっては神聖そのものではありませんか！」

興奮のあまり、族長オーヘンデックは湯煙《ゆけむり》を立てて立ち上がる。

だから、この姉妹は……。

目と鼻の先で極上《ごくじょう》の裸身《らしん》を拝めるのはありがたい話だが、目のやり場に困るわ。考えてみてほしい、座っている人間のすぐ前に裸《はだか》の人間が立った時、目の前はどこになる？

「族長オーヘンデック、興奮されるのは分かるが、丸見えだ、座ってくれ」

「お、おお、これは失敬」

うむ、反応は妹の方が面白いな。

と、冷静にその反応を評価していたその時、今度はいきなり族長オーヘンデックが目の前ににじり寄り、そのままわたしの手をつかむと、お互《たが》いの鼻が触《ふ》れそうな位置にまで近づいてきた。

お、おう、族長、前面のクッションが当たってる、当たってるってば。

「お願いです、ハンター様。どうかこの湯に隠《かく》された薬効のほどをお教え願いたい！」

「わ、わかったから少し離れてくれ、話がしにくい」

「あ、ああすまない、失敬した」

まぁここで、その大変立派なその二つのクッションの感触《かんしょく》を楽しもうとしないのは、わたしがそういう事にまったく不慣れな残念男だからではなく、決してなく、断じてなく、

温泉はそういう場所ではないからだ。

少し早まった感はあるが、まぁいい。

「う、うむ。まずこの温泉の薬効だがな、一つは消毒だな」

フミン酸を含む黒湯の特徴的《とくちょうてき》な効能、それは強烈《きょうれつ》な殺菌《さっきん》効果なのだ。

「ショードク?」

あ、そうか、その概念《がいねん》がないのだな、では……。

「つまりけがれを払う効果という事だ」

「おお!　けがれを!　さすがは森の生命!」

「うむ、これによって傷の治りが早くなったり、他には皮膚《ひふ》の病を治したりすることもある。もちろん何にでも効くわけではないし、必ず治るわけではない。あくまでも助けてくれるという事だ」

わたしの説明を、族長オーヘンデックは興味津々《きょうみしんしん》の様子で頷きながら聞く。

「あと、この湯はぬるぬるするであろう?」

炭酸水素塩泉、中でも希少な重炭酸ナトリウムを主成分とするいわゆる純重曹泉によくあるこの湯触《ゆざわ》り。肌《はだ》の表面に浮く小さな気泡《きほう》からも、それは間違いない。

「は、それは先程から気になっていました」

「それが2つ目の効能だ。当ててごらん、その結果どういう薬効があると思う」

そう言うと族長オーヘンデックは恥ずかしそうに顔を赤らめて、おずおずと答えた。

「その、神聖なる湯の泉に失礼かもとは思うのですが、何となくお肌がきれいになるような気がして……」

さすがは女性だな、よくわかっている。

「その通りだ族長オーヘンデック、このとろみのある湯はな、別命『美人の湯』と言って、薬効はそのもの、美肌《びはだ》だ」

炭酸水素塩泉の中でも純重層泉は、肌の古い角質や皮脂《ひし》汚《よご》れを界面活性《かっせい》作用をもって乳化させ洗い流す。当然肌は綺麗《きれい》になり、また、一般《いっぱん》に洗剤《せんざい》に使われる合成界面活性剤《ざい》とは違い必要以上に肌を傷める事もない。よって肌の保《ほ》湿性《しっせい》を失う事もない。

要は、ぷるつやすべ肌になるという事だ。

元いた世界ではどんな薬効より人を惹《ひ》き付けるこの効能。それはエルフにとっても例外ではないらしく、族長オーヘンデックは「なんという事だ、なんという事だ」とつぶやきながら、するするとわたしから遠ざかっていった。そして、そのままクルリとわたしに背中を向けたかと思うと、何かに憑《つ》かれたようにゆっくりと立ち上がった。

距離が空いたせいか、先程《さきほど》よりも冷静にそして客観的に見つめる事のできる背中向きのエルフの裸身。とろみのある湯がその滑《なめ》らかな曲線を滑《すべ》り落ち、木漏《こも》れ日《び》が温泉によって輝きを増したその純白の肌をきらびやかに飾《かざ》る。

「精霊よ、親愛なる森の精霊よ」

族長オーヘンデックは祈《いの》るようにそう呼びかけると、その細く長い両腕《りょううで》を胸の高さに掲《かか》げ、歌うように唱える。

「そなた等の恵み給《たも》うた、この聖なる泉を、呪《のろ》いの湯だと遠ざけた我々の不明を許《ゆる》してくれ。戦士の傷を癒し、病人の病を和《やわ》らげ、乙女の肌を輝かせるこの奇跡《きせき》の湯を、森の生命の宿る黒き聖水を、我らに与《あた》えたもうたそなたら精霊に、西のエルフ・ルーメインデュークの族族長・オーヘンデック・リュ・ヒューメイン、心よりの感謝を伝える」

そう言うと族長オーヘンデックは胸の前で手を組んだ。

「大いなる我らが森に、祝福を」

その途端《とたん》、族長オーヘンデックの裸身を緑色の光が渦《うず》を巻くように包み込み、そのまま天へ向けて上昇《じょうしょう》すると、木々を渡《わた》る風となって四散した。

それは、まさに、神話の中のひと時だった。

まさに、温泉に相応《ふさわ》しい。そんな光景だった。

うん、最高だな。

わたしはしばし、その光景に見とれ、ばしゃりと顔にお湯をかけた。

「なんや、めっちゃきれいやなぁ」

気が付くと繭玉さんがすぐ横に座《すわ》って族長オーヘンデックが織りなす不思議な光景を呆《ぼう》然《ぜん》と眺《なが》めていた。

さらにその側にリリウムもいる。

「あれは、族長であるお姉さまにしか使えない、〈祝福の風〉という魔《ま》法《ほう》なのです」

「そうなんや、族長さん女神《めがみ》さまみたいやなぁ」

確かに繭玉さんの言う通りだ。ここまでくると、もう宗教画を見ているようにさえ思える。

「美しいな、族長は」

「なんや、主さん惚《ほ》れてもうたんか」

「馬鹿もん、そんな意味ではない」

繭玉さんのあほな詮索《せんさく》にわたしがそう答えると、思いがけず繭玉さんがそのまま食い下がってきた。

「主さんは、ぼんきゅっぼんが好きなんやな！」

なんだ、喧嘩《けんか》売ってんのか？　たく、あほらしくて付き合えん。無視だ無視。

「あのな、うちだってあれくらいできるんやで！」

無視するわたしを尻目に、繭玉さんはそう言うと、温泉に潜《もぐ》り込んでくるっと一回転した。

途端にぼんっと煙《けむり》が立ち、中から現れたのは……エロく、もとい、えらくナイスバディーな繭玉さんだった。

「どや、ナイスバデーやろ」

うむ、確かにそうだ。ただエルフの様にキュッと引き締まった身体というよりは、全体にふっくらと脂肪《しぼう》の付いた、まさに肉感的でエロい方面に比重の寄った体つき。

と、その様子を見て、族長オーヘンデックが感嘆の声を上げながら近づいてきた。

「おお、繭玉様！　さすがは豊穣《ほうじょう》と淫欲《いんよく》の女神プデーリの眷属《けんぞく》！　それこそが真のお姿なのですか？」

ああ、言われてみれば確かに、この姿は豊穣と淫欲って感じだな。まぁ、どこの神話でも同じだが豊穣と淫欲は同列同種であることが多い。淫欲とはつまり子だくさん、イコール豊穣というわけだ。確かにこの体つきは、安産だろうなぁと思わせる。

「いや、そういうわけやないねん。こんな姿にもなれんねんでってだけで、うちの神さんに与えられた姿は、今までの方やねん」

ほぉ、ロリがデフォなのか繭玉さんは。

「ふむ、なぜ神はあのような子供の姿を与えたのだ？」

「うーん、わかれへんけど、うちの神さんがどだいこんな身体してはるから、かぶりを気にしたんちゃうかな」

なんだその芸人魂《だましい》は。

「うーん」

と、後ろから声がして振《ふ》り向くと、そこにはリリウムが立ち上がって自らの胸をワキワキしていた。

ほんと、この娘《むすめ》は、目の前で立ち上がるなっつってんのに。

「私も姉さまのようになるのでしょうか？」

知らんわ！　てか、別に貧乳《ひんにゅう》というわけでもあるまい、十分だ。

「大丈夫《だいじょうぶ》ですリリウム、大きさによって使い道は違うのですから」

これぞお姉さん面といった顔をして、族長オーヘンデックがリリウムに近づく。

なんだよ使い道って、ミサイルでもでるのかエルフの胸からは。

「せやで、うちの神さんもようゆうてはったわ、大きさよりも感度や」

まるで「気にするな若者よっ！」とでも言っているかのようなさわやかな顔で、藺玉さんが励《はげ》ましながらリリウムに近づく。

感度て、神様が気にすることじゃねぇだろ……って……。

おまえら、わたしを中心にして集まってくるなって……こら。

座っているわたしの眼前三方を取り囲む立ち上がった全裸の女って、どんなごほ……いや罰《ばつ》ゲームだ。

「ああ、諸君、一つ温泉のルールを教えておきたいのだがね」

「ん？　なんや主さん」

「温泉では他人のすぐ側で立ち上がってはいかん」

「なんで？」

「お前は他人の股間や尻《しり》を目の前で直視し続けたいという趣味《しゅみ》でもあるのか？」

わたしの言葉に「ひぃぃ」と引き裂《さ》くような悲鳴を上げてリリウムが勢いよくしゃがみこむ。ついで「みんといてぇぇ」とお門違《かどちが》いな要求を突《つ》き付けて藺玉さんがボフンと一回転、デフォルトロリに戻って湯に沈《しず》む、そして。

「ふははは、なるほど、他にもいろいろ聞かねばならないですね、温泉の掟《おきて》というやつを」

と、族長オーヘンデックは腰《こし》に手を当てて高笑いだ。

「すわれ、族長オーヘンデック」

「ん？　私なら気にはしませんが？」

「わたしが気にするのだ、すわれ」

「はぁ、では失礼して」

と、族長オーヘンデックは私の隣に座った。

たく、目の前に全裸で立ちふさがる方がよほど失礼だ。

この、馬鹿者どもめ。

「しかし、本当に温泉という物は素晴《すば》らしいものですね……」

族長オーヘンデックは木漏れ日に顔をさらしながらゆっくりとつぶやく。

「ああ、そうだな、しかもこの雄大《ゆうだい》な森の中で入るのはまた別格だな」

「ええ、森の精霊は人を癒してくれますからね」

「さもありなん」

と、族長オーヘンデックは、急にわたしの方に向き直ると真剣《しんけん》な表情で切り出した。

「ハンター様、お聞きしたいのですが」

「なんだ」

「この温泉を他の部族、いや、この世界に広めるというのは難しい事でしょうか」

ほぉ、何やら族長の瞳の奥《おく》にきらりと光るものを感じるではないか。うむ、いい心がけだな。

「まぁできんことではないが、なぜだ？」

「はい、一つにはこの素晴らしきものをエルフが独り占《ひとじ》めするのはもったいないという事、そしてもう一つは……」

もう一つは？

「我《わ》が西のエルフの一族は、現在大いに財政がひっ迫《ぱく》しておりまして、その……」

「ほぉ、この神聖なる温泉をカネもうけに使おうというのか？」

「あ、それは、その……」

「大いに結構ではないか！」

「え？？」

族長オーヘンデックは困惑《こんわく》の表情を浮かべる。しかし、わたしにしてみればここまで立派な温泉だ、観光資源にしない手はないというのが正直なところ。むしろ、族長オーヘンデックにこのあと進言するつもりであったのだが、手間が省けた。

「温泉のもたらす幸福は、できるだけ多くの人間で分け合うのが理想だ」

「はい」

「しかしそのためには多くの手間が必要で人手もかかれば経費もかかる」

「はい」

「であるなら、温泉を一つの資源と考えてこれでカネを儲《もう》けようとするのが当然の帰結なのだ」

この世界の住人はいざ知らず、元の世界においてはカネが絡《から》まないと文化は発展しないという不文律があった。それを不浄《ふじょう》ととらえるか、素晴らしき文化を伝える触媒《しょくばい》と考えるかはその人の価値観でしかないのだ。そしてわたしは後者をとるタイプ。

温泉のすばらしさを一人でも多くに伝えるために金儲《かねもう》けは必須《ひっす》なのだ、と。

「お知恵《ちえ》を、お貸し願えるか？」

「まかせておきなさい」

なにを隠そうこのわたし、生まれも育ちも温泉街。しかも元の役職は町役場の花形である、地域振興課《しんこうか》課長なのだ。

温泉を使った村おこしなら、専門中の専門。

「ここを一流の温泉街にしてやろうじゃないか」

「オンセンガイ？」

「ああ、温泉を中心に栄える、夢のような街の事だ」

「おお!!」

そう言うと族長オーヘンデックはまたしてもその場に立ち上がった。

「こら族長オーヘンデック！　立ち上がるなと言ってるだろう！」

「そうでしたこれは失敬、ならば」

言うや否《いな》や、族長オーヘンデックはわたしの脇《わき》の下に手を差し込むと、信じられない怪《かい》力《りき》で私を一気に立ち上がらせた。

「な、なにをする！」

「座っている者の側でなければ立ち上がってもよいのでしょう？」

そ、それはそうだが……。

「そして、それが温泉の掟ならば、これがエルフのしきたりなのです」

そう言うと族長オーヘンデックは、立ち上がった全裸《ぜんら》のわたしに全裸のままで抱き着いてきた。

「感謝いたしますハンター様、西のエルフに新たなる希望が芽生えました！」

感謝の言葉を述べつつ、背中に回した手に力を込める族長オーヘンデック。

と、自然に、わたしの胸板《むないた》と族長オーヘンデックの身体に押され、極上の感触と共に極《ごく》上の双丘《そうきゆう》がつぶれる。音で表すならば『むにょん』いやむしろ『ぼにゅん』だ。
って、そんなこと、どうでもいい、これは、その、あれだ……まずい。
「ぞぞぞぞぞ、族長オーヘンデック！　わかった、わかったから」
まずい、まずいって、離して……はな……はなし……。
あ、ダメだ、意識が持たない。
「あああああ!!　主さんなにしてますのん！　そんなん許さへんでええ！」
薄れてゆく意識の中、どこか遠くで繭玉さんの叫《さけ》び声《ごえ》が聞こえる。
ああ、この柔《やわ》らかな感触に包まれて、わたしは、また、死ぬのだろうか。
まぁいい。
とりあえず、前回の死よりも、これは……。
……極上だ。

効能その四　月の夜とエルフの約束

中天高く月はのぼり、星は慎《つつ》ましやかに瞬《またた》く。

森からそよぎ来る風は涼《すず》やかで、上《のぼ》る湯けむりを巻き上げて吹《ふ》きすぎる。

この世に極楽《ごくらく》があるとすればまさにここだろうな、と思えてくるような絶好のロケーション。ああ、この感動をブログにアップして写真かなんか添《そ》えて「いいね！」とかされたい。サークルメンバーたちに教えて、ここでオフ会をしたい。

というのは、まぁこの異世界ではかなわぬ夢なのだが、せめて、さらに多くの人にこの喜びを伝えたいものだが……。

まぁ、それもこれも、エルフの働き次第《しだい》という事だな。

「ぬーしさん」

声がして振り向くと、半分近く服を脱《ぬ》ぎかけた繭玉《まゆだま》さんが月明かりに照らされながらこちらに来るのが見えた。

何も脱ぎながら来ることは無かろうに。

「ああ、繭玉さんか、こんな時間にどうした」

「どうしたって、温泉入りに来たにきまってるやろ」

それはそうだな。わたしは自分の間抜《まぬ》けな質問に苦笑《くしよう》した。

「お月さんがな、あんまりきれいやってな、これは温泉から眺めるのが一番やろうなって思ってん」

そうか、なるほど繭玉さんは物の趣というものがよくわかっている。だてにお稲荷《いなり》様のお使い姫《ひめ》をやっているわけではないという事か。

などと考えていると、繭玉さんが「はふぅぅ」と快楽の声をあげながら湯につかる。

「なぁ主さん、ちょっと足広げてな」

ああ、またここに収まろうというわけだな。はじめこそは緊張《きんちよう》したが、もうここにいる事が普通《ふつう》にさえ思えてくるほどに、慣れた。長い温泉歴の中で、今まで思った事もなかったが、なんというか股《また》の間というか腕の中というか、そこに何かが収まっているというのは思いのほかリラックスできる。

感謝せねばなるまい。新しい温泉の楽しみ方を教わるほど、人生において有意義なことはないからな。

「はぁぁ、やっぱりここは落ち着くわぁ」

身体をくねくねとさせながら股の間に割り込んできた繭玉さんは、ひゅっと尻尾を隠して、わたしの胸板に身体を預けると目を閉じた。

「しっかし、お昼間に温泉で倒《たお》れはったんに、ほんま主さんは温泉好きやな」

そう言って、繭玉さんは無邪気《むじゃき》に笑った。

そんな繭玉さんの身体をわたしは後ろからキュッと抱きしめる。柔らかで滑《すべ》やかな繭玉さんの肌の感触。小さな身体の重み。その全てが温浴効果と相まって、身体の疲《つか》れを癒してくれるような気がした。

「ははは、温泉好きはわたしの存在意義そのものだ。しかし、そんなわたしも、ここに繭玉さんがいる方がリラックスできるとは思っていなかった。感謝せねばな」

「そりゃ光栄なこっちゃで」

「うむ」

わたしがそう答えてからしばらく、わたしと繭玉さんは一言もしゃべらずに黙《だま》って空を見つめていた。

ちなみに繭玉さんは、わたしに抱きかかえられながら足と下半身は湯の中で浮いている。わたしは性に合わないのであまりそういう入り方はしないが、どこか一点で支えて湯の中で浮いているのが好きな人は多い。どうやら繭玉さんはそういうタイプなのだろう。

それでいい、温泉の楽しみ方は自由だ。

と、ふいにわたしの温泉道の師匠《ししょう》の事が頭をよぎる。そう言えば師匠の口癖《くちぐせ》だったな「温泉の楽しみ方は自由だ」というのは。しかし、師匠にも不義理をしてしまった。あっちの世界では、わたしは女湯をのぞいて逃亡《とうぼう》。結果、崖《がけ》から落ちて死んだというひどくみじめな事になっているに違いないから。

馬鹿野郎《ばかやろう》、のぞくならうちの宿でやれ。なんて、わたしの棺桶《かんおけ》の前で泣いてくれていたりするのだろうか。

「なんや、主さん、泣いてるんか」

振り返って心配そうに話しかけた繭玉さんの声で、わたしは自分が泣いていることに気付いた。

「ふふ、恥《は》ずかしい所を見られてしまったな。なぁに、あっちの世界の事が少し気になってな」

「あっちのなにが？」

「ん？　いや、あんな死に方をして、世話になった人たちに申し訳がないな、と思ってな」

すると繭玉さんは、わたしの腕の中で器用に向きを変える。

そして、わたしの肩《かた》に手をかけて向き合い、優《やさ》しくおしえてくれた。

わたしが死んだ後の、わたしの知らないわたしのことを。

「大丈夫やで、主さん。あの件はな、主さんのネット仲間と、あと温泉旅館業組合の須藤《すどう》さんとか言う人が、主さんが温泉ハンターやってはったことを証明してくれて、不可抗力《ふかこうりよく》で女湯に出てもうたってことになってるし。しかも、あの露天風呂《ろてんぶろ》が国有地でどうやらあの旅館自体が違法《いほう》操業やったこと、ほいで、主さん追っかけてた人らの猟銃《りょうじゅう》もって崖から落ちるまで追い詰《つ》めるってやり口にも批判が集まってな」

そう言うと繭玉さんは、わたしの頭を優しくなでた。

「主さんは、かわいそうな被害者《ひがいしゃ》ってことになってしもたけど、逃《に》げる途中《とちゅう》で死んだ痴漢《ちかん》ってことにはなってへん」

そうか……我が師匠である須藤さんとサークルのメンバーたちが汚名《おめい》をすすいでくれたのか。親のないわたしにとっての親代わりであった師匠と、家族のないわたしにとって家族のようだったメンバーたちが。

温泉道を教えてくれた師匠と温泉が繋《つな》いでくれた仲間が、な。

「うむ、湯川好蔵《ゆかわこうぞう》は寂《さび》しい男ではなかったか」

「そや、女関係以外はバッチリや」

やかましいわ。せっかくのしみじみした雰囲気《ふんいき》が台無しではないか。

しかし、おかしいな。

「なあ繭玉さん、わたしが死んでからまだ一日と経《た》っていないのだが、なぜそこまでの展開が分かる？」

色々な事があり過ぎて、何やら何日も過ぎてしまったように思えるが、まぎれもなくわたしが死んだのは今日だ。

「ああ、それな。この世界とあの世界は造りが違うねん」

「造り？」

「せや、まあ、説明したってもいいけど、難しいで」

「うむ、やめとく」

「それがええ」

わたしはそう答えて小さくのびをする。きっと細かく説明されても分からないだろうし、温泉で難しい話なんかしたくもない。

話を、変えよう。

「そうか、で、繭玉さんは、そんな世界を自由に行き来できるってことか」

「うーん、それはでけへんな。うちはお稲荷さんのお使い姫や、普段《ふだん》はお社の世話を、あとは、お稲荷さんの言うままに異世界に飛ばされた人のお助け役をするのがお仕事でな、自分では行き来でけへんねん」

　そうか、という事は。

「誰《だれ》かの相棒として異世界に来たのも、初めてではないのだな」

　すると、わたしの言葉に繭玉さんは少しふてくされたような表情を作って、軽くわたしの額を『コツン』と拳《こぶし》で叩《たた》くと、くるっと身体を反転させ背中を預けた。

「女に昔の事を聞くのはご法度《はっと》やで」

　ふっ、確かにそうかもしれんな。

「なぁ主さん」

「なんだ繭玉さん」

「こっちの世界では長生きしてな」

　心なしか、繭玉さんの声が寂しく震《ふる》えているような気がした。しかし、これまで、繭玉さんに何があって、どういう想《おも》いをしてきたのか、想像はしても聞くことはできない。なにせ昔のことを聞くのはご法度なのだから。

「な、おねがいや」

　だから、約束だけを、わたしはした。

「ああ、できる限りな」

「うん」

わたしは、繭玉さんの小さな身体を後ろからもう一度しっかりと抱きしめる。

と同時に、湯けむりを巻き上げて少し強めの風が温泉の上を吹きすぎて行った。冷たい風が頬《ほお》を撫《な》で、決して温泉のせいだけではない、上気した頬を優しく冷ましていく。様々なわだかまりやこだわり、心に積み重なった澱《おり》のような気持ちを洗い流すように。

そしてまた、温泉の暖かい空気が、二人を包んだ。

ああ、やっぱり温泉はいい。人の心を開いて素直《すなお》にしてくれる。

「この世界で、わたしのしたい事はたくさんある」

「え？」

「いやな、この世界でやりたいことがたくさんあるうちは、わたしは死んでも死ねん、とな」

わたしがそう言うと、繭玉さんはその小さな頭をわたしのあごのあたりに預けて、穏《おだ》やかな口調で言った。

「この世界にある温泉、まだたくさんあるやろしな」

「ああ、そうだ、もちろんそれを探すのがわたしの一番の目的だ。しかし、当分はお預けだな」

「なして?」

「エルフと約束したしな、ここを一大温泉街にすると」

約束は大切だ。しかしそれ以上に、温泉という物を呪いの湯だと思っているこの世界の住人達《たち》に、温泉を周知していくには拠点《きょてん》となる場所が必要だ。訪《おとず》れたいと思える場所、訪れた人間が素晴らしいと思える場所。そして、羨《うらや》ましいと思える場所をこのエルフの郷《さと》に作らねばならない。

「方法は考えてるん?」

「ああ、そうだな、まずは……」

そこまで話した時、後ろからまたしても声がした。

「そこから先は、私も交ぜてほしいものですね」

振り返ると、そこには、月の光を浴びて輝くような裸身をさらした族長オーヘンデックが立っていた。

「おお、族長オーヘンデック……って、裸で来たのか? ここに」

わたしがそう言うと、族長オーヘンデックは苦笑して答えた。

「さすがにそんなことは。そこの物陰《ものかげ》で脱いできたのです、まだ人前で脱ぐのは少し恥ずかしいので」

そう言いながら族長オーヘンデックはゆっくりと湯につかり「まだまだ修行《しゅぎょう》が足りませんね」とほほ笑《え》んだ。

「いや、それが正しい、湯につかるまでは恥じらいがあった方が奥ゆかしくていい」

わたしがそう言うと、藺玉さんが頬を膨《ふく》らませて反論した。

「なんや、人には、はよ脱げはよ脱げ言いおってからに」

「ふっ、お子様にはそれでいいのだ」

「なにゆうてますの、うちの方が主さんよりずっと年上や」

あ、そりゃそうか、なんせ付喪神《つくもがみ》だもんな。

「いくつなんだ？」

「女に歳《とし》きくもんやない」

なんじゃそりゃ。

「ふ、お二方は本当に仲がおよろしいのですね」

「まぁ、温泉仲間というのはこういうものだ」

「なるほど」

そう言うと族長オーヘンデックは、わたしのすぐそばまで来て、肩が触れ合うほどの距《きょ》離《り》まで近づいた。

「ならば、私も仲間という事でいいのですね？」

「う、うむ、まぁ、そうだな」

藺玉さんと違《ちが》い大人の色香漂《ただよ》う族長オーヘンデックの裸身は、さすがに温泉の中とはいえ、少し緊張する。

そして、それが藺玉さんには気に入らないらしく。

「なんや、緊張しおってからに。温泉ではそういうのはご法度やで」

まったくもっておっしゃる通り。

このままでは師匠の面目《めんぼく》を保てそうになくなりそうなので、さらっと話を変えることにした。

「ところで、不思議に思っていたのだが、いきなりエルフの言葉を理解できるようになったのは、藺玉さんの力か？」

気にはなっていた。しかし、たぶん不思議ななにかだろうと思って、確認《かくにん》することもなかった。この際だ、ごますりがてらに聞いておこう。

「ごますったってあかんで」

ははは、流石《さすが》にバレるか。しかし、そうは言いながらも、少し得意げに胸を反らせて藺玉さんは続けた。

「せや、うちが直接翻訳《ほんやく》して主さんの頭に届けとる」

それに応えたのは族長オーヘンデックだ。

「ほう、便利なものですね。それは繭玉様なら誰に対してもできる事なのですか」

「残念やけど、うちが連れてきた人にしかでけへんねん」

「なるほど」

族長オーヘンデックはそう言うと、一度フーっと深く息を吐《は》いた。そして、湯ざわりを確かめるかのように水面に出した腕《うで》をなでると、しみじみと感嘆《かんたん》の言葉をこぼす。

「はぁ、しかし、ほんとに温泉という物は素晴らしいものです。こちらの温泉には初めて入りましたが、趣《おもむき》は違えど、こちらもなかなかのものですね」

族長オーヘンデック、すっかり温泉のとりこになったようだな。うむ、よい傾向《けいこう》だ。その適応力、さすがだ。

そして改めて思う、温泉の力は偉大《いだい》だ、と。

「ああ、こちらは硫黄泉《いおうせん》と言ってな、あの温泉より少しポピュラーな温泉だ。やや硫黄《いおう》の濃度《のうど》が低くはあるが、それはそれでいいものだ」

「それは薬効が薄《うす》いという事ですか?」

「うむ、そうだ。だが、温泉は温泉というだけで身体に良い」

「そうなのですか?」

「ああ、温浴効果《おんよくこうか》と言ってな。血行をよくし、疲れをとる……それに」

そう言うとわたしは族長オーヘンデックに微笑《ほほえ》みかけた。

「こうして浸《つ》かっているだけで心が軽くなる。そして、気のいい温泉仲間も増える」

と、族長オーヘンデックはそんなわたしに微笑み返し、さらに続けた。

「しかも、儲かる……ですよね」

「だな」

財政の困窮《こんきゅう》する西のエルフの族長だけあって、温泉に浸かっていてもただリラックスしているわけにはいかぬという事なのだろう。ま、やや不憫《ふびん》ではあるが、仕方がない。

「その方法、お伺《うかが》いしてもかまいませんか」

「うむ、まぁあまり温泉に浸かってする話でもないが、特別にいいだろう。ただ、儲かるまでは長いぞ」

「お金儲けとはそういうものでしょう」

「はは、たしかに」

そこまでわかっているのなら、と。さて、温泉による村おこしは専門とは言えここは異世界、まず何から取り掛《か》かるべきか……。

そうだ、まずは温泉を日常にするところからだな。

「それが分かっていれば話は早い、ではまずは、西のエルフたちが当たり前に温泉を使う環境《かんきょう》を整えるべきだな」

「それって、普通にここやあっちの温泉に来て入るんじゃあかんの？」

繭玉さんが口を挟《はさ》む。うむ、確かにそれでもいいのだが。いや、むしろわたしはそっちの方が好ましいのだが、な。

「なぁ族長オーヘンデック、エルフは人に裸《はだか》を晒《さら》す事を恥ずかしいと思っていると考えていいのだな？」

「そ、それはもちろんでございます」

「しかもそれが、普段から見知った共同体の、しかも異性同士ならなおさら……だな」

「はい」

ま、普通の事だ。温泉道を広めたいわたしとしては、だれもが自由に入れて思いのままに楽しめて、それでいてまったく人の手のはいらない、ここの様な天然自然の温泉に生まれたままの姿で入浴することこそが至高だと思っている。しかし、それが一般的《いっぱんてき》でないことも当然理解している。

そして、村おこしのゴールは、そんな一般性《いっぱんせい》のない温泉道の普及《ふきゅう》ではない。

特にこの異世界において大切なことは、それ自体が楽しく素晴らしいものであると、温泉そのものをまず広めること。慣れ親しんで、当たり前のものとして認知《にんち》されること。

そのためには、だ。

「では、よく聞いてほしいのだが……」

わたしは、族長オーヘンデックにわたしの考えた温泉布教案を提示した。

「……というわけなのだが、できるか？」

わたしの提案に、族長オーヘンデックは大いに耳を傾《かたむ》けて真剣に聴《き》き、二、三度難しそうに唸《うな》ると、それでも明確に返答した。

「できます、いや、やりましょう」

そう答えた族長オーヘンデックを見て、藺玉さんはため息交じりにつぶやいた。

「えらい大事業になってしもたな」

「なにを言う、これはほんの入口だ」

藺玉さんに答えたわたしの言葉に驚《おどろ》いたのは、族長オーヘンデックだった。

「い、入口なのですか？？」

「当然だ、よく考えてみろ、それではエルフは儲からん」

「た、確かに……」

族長オーヘンデックは温泉につかりながら、頭を抱《かか》える。

「できぬか?」

「い、いえ、その、いや、やります、やりますが……」

突然《とつぜん》、族長オーヘンデックはさえない表情になってわたしを見た。

「もう一つの私の目論見《もくろみ》の方が、少し心配になってきましてね」

「もう一つの目論見?」

「はい、実は、我が妹リリウムをハンター様の事業の責任者にしたいと思っていまして」

ははぁ、なるほど、確かに心もとないのはわからないでもない。

わたしはリリウムの顔を思《おも》い浮《う》かべて苦笑した。

「あの娘はプデーリの眷属たる繭玉様や、その主たるハンター様に刃《やいば》を向けました。それは、本来なら処刑《しょけい》すべき罪なのです。しかし、ありがたいことにお二方はあの娘を許《ゆる》してくださいました」

そう言うと族長オーヘンデックは、温泉の湯を両手ですくい、そこに映る月を淋《さび》しげに見つめた。

「姉としては、手放しで喜ぶべきことです。しかし、族長としては、困ります。そうでなくともあの娘、リリウムが族長の妹であることでとやかく言う者も多いのです」

なるほどな、族長の妹であるから、何かひいきのようなことをされていると勘繰《かんぐ》られているわけか。まったく、せっかくのファンタジー世界の雰囲気を台無しにする、どこにあっても誰もが顔をしかめる類の話だな。

どこにあっても誰もが顔をしかめるのに、決してなくならない類の、な。

「それで私は、リリウムをエルフの一族から除籍《じょせき》しハンター様の事業を手伝うとともに、ハンター様の側女《そばめ》にでもしていただこうと考えていたのですが……」

族長オーヘンデックは、すくっていたお湯をこぼし、ため息をついた。

「ここまで大事業という事になれば、それもかないませんでしょうね」

「そんなことはない」

消沈《しょうちん》する族長オーヘンデックに、わたしははっきりと答えた。

「え？」

族長オーヘンデックは、驚愕《きょうがく》の様子でこちらを見る。

驚くのはわかる。しかし、妹を想う姉の気持ちを聞かされては、無視するというわけにはいかない。

「責任者とはいえ、発案したのはわたしで指導するのもわたし。リリウムには連絡役《れんらくやく》というか、わたしとエルフの橋渡《はしわた》しをしてもらえればいい。実際の事業とその手配はリリウムの指示通り、あなたがやればいいのだ」

公共工事という物において責任者とは、座《すわ》っている人のことを言うのだよ、族長オーヘンデック。少なくとも、わたしのいたところではね。

「そ、それでは……」

「いいとも、かまわんよ。事業の責任者をリリウムにして、ついでに、その側女とやらにすればいい」

むしろ、あの天然系の匂《にお》いがビンビンする性格では、現場仕事の方が怖《こわ》い。側女というのも、藺玉さんがもう一人増えると思えば、問題ない。

「本当ですか!!　承知してただけますか!!」

「ああ構わんよ」

「ではエルフの神に誓《ちか》いを！」

そう言うと、族長オーヘンデックはわたしの方に手のひらを差し出し「ここに手のひらをお合わせ下さい」と微笑んだ。

わたしは言われたとおりにそこに手のひらを合わせる。

「イーデ・ウィリ・イン・レティウイ・ペデ・ペデ・リーイン」

と、合わせた手のひらから赤い光があふれだし、わたしと族長オーヘンデックの胸に刺《さ》さった。

「おお！」

「ご安心を、ハンター様」

その声に光は消え、また元の静寂《せいじゃく》が温泉を包む。

その様子を見て、繭玉さんが他人事のように呟《つぶや》いた。

「しらへんよぉ」

「なにがだ？」

「ま、ええけどな」

変な奴《やつ》だ、それより。

こちらはこちらで温めていた計画を実行するのは、今だ。

「なぁ、族長オーヘンデック。かわりと言っては何だがわたしにも一つだけ願いがあるのだがな」

「ええ、なんなりとおっしゃってください！」

お、おう、なんだかえらくテンションが上がっているな、族長オーヘンデックは。

しかしまぁ、好都合だ。

「う、うむ。実はなこの小さい方の温泉な、わたしにくれたりはできないだろうか？」

「この温泉を、ですか」

「ああ、だめか？」

　夢だったのだ、自分だけのプライベート温泉。しかもこんな日本ではお目にかかれないような好条件の温泉。山中でもなく絶海の孤島《ことう》でもなく、街のすぐ近くにありながら、清澄《せいちょう》な空気と雄大な自然に包まれ、しかも数百年にわたって人跡未踏《じんせきみとう》だった新鮮《しんせん》な温泉。

　しかし、そんなわたしにとっての夢のような願いに、族長オーヘンデックはこともなげに答えた。

「造作もない事です、むしろ、感謝のしるしにもらっていただきたい」

　そうか！　くれるのか！

「なんなら、この側にハンター様の住居も御建《おた》ていたしましょう。なに、森の民エルフにかかれば、家の一つや二つ一晩で建てて見せましょう」

　まじですか！　温泉付きの別荘《べっそう》……ってこっちの世界に家はないから本宅か。まぁいい、どちらにしても庭先に温泉のある家がもらえるのか！

「ありがたい！　感謝するぞ、族長オーヘンデック！」

「は、では、さっそく我が家《や》に戻《もど》って建設の計画を立てましょう」

　そう言うと族長オーヘンデックは、スーッと少し後ろに下がると、ざばりと音を立てて立ち上がった。

もちろんわたしも即座《そくざ》にそれに続く。

「うむ、いそごう！」

こうしてはいられない、わたしの長年の夢がかなうのだ。

「ほんまにえーんかなー」

繭玉さんはなおも他人事のように呟いていている。

ふ、なにを言っている、いいに決まっているではないか。

これより最高の物など。

そうそうあってたまるか。

効能その五　薬効の王と最初の名湯

「起きてください、ご主人様。起きてください、族長がお呼びです」

う……うーん。

「起きてください、もう夜は明けております、ご主人様」

夜は明けた……って、昨日は遅《おそ》くまで族長オーヘンデックと膝《ひざ》を割って……もとい腹を割って膝詰《ひざづ》め談判をしていたのだ。もうちょっと寝《ね》かしてくれたってよさそうな……ってご主人様？

わたしは夢と現《うつつ》の境界でまどろみながらも、その聞きなれない呼称《こしょう》に目を覚ました。

と、リリウムがわたしの顔を覗《のぞ》き込んでいる。

「あ、ああリリウムか……えらく早いな……」

そう答えながらも、少しずつはっきりとしてくる寝起《ねお》きに心地《ここち》よいリリウムの整った顔立ち。白い肌《はだ》、適度な大きさの胸、尻《しり》に向けてのなだらかな腰《こし》のライン。そして、小ぶりながらも引き締《し》まった白い尻って……ぬ、ぬぬぬ、尻？

ぜ、全裸？？

「どどどどど、どわぁぁぁぁぁぁっふ‼」

「ど、ドワーフ⁉　ドワーフがいるのですか？？　ど、どこだ‼　出て来い！　ドワーフ‼」

「ちちち、ちが、ちが、そうじゃ」

「血？　血ですか！　もう攻撃《こうげき》を⁉　ちくしょおおドワーフめぇぇぇ‼」

と、騒《さわ》ぐわたしとリリウムの間に、繭玉《まゆだま》さんがあきれ顔で割り込む。

「なんのコントやねん、新喜劇か」

「し、進撃《しんげき》ですとおお⁉」

「もうええわ」

あきれながら繭玉さんはそう冷静につっこむ。そして、全裸のまま周囲を警戒《けいかい》するようにファイティングポーズでキョロキョロするリリウムを尻目《しりめ》に、わたしの寝台《しんだい》の側まで来て優しく話しかけた。

「なんや族長さんが呼んではるらしいで、もう起き」

「そ、それはいいのだが、な、なぜリリウムは、そ、その裸なんだ？」

なにを隠《かく》そうこのわたし。温泉で女性の裸を見るのは何ともないが、そこ以外で女性の裸を生で見たことは、ない。その、緊張するよね。普通。

「そんなもん、リリウムに聞き」

そりゃそうだ。わたしは努めて冷静を装《よそお》い、決してその裸身《らしん》を見ないように、いや、見ていないようなそぶりで目をそらしているようなふりをしつつ、いまだ警戒を続ける残念なエルフに声をかけた。

「そ、その、リ、リリウム君。な、なんで君は、全裸《ぜんら》なのかな？」

「へ？」

ファイティングポーズで尻をこちらに突《つ》き出したまま、リリウムは振《ふ》り返る。

冷静に見れば、もうそれはエロいとかセクシーとか言うジャンルではなく、ただの間抜けに見えてきて、わたしの精神も少し落ち着きを取り戻してきた。

「いいから警戒を解きたまえ。で、君はなぜ全裸なのだ？」

言われてリリウムは「ド、ドワーフは？」といまだボケ倒しながらも、困惑《こんわく》の表情で答えた。

……困惑はこっちだ、ばかもん。

「い、いや、ご主人様は全裸がお好きだと思いましたので」

誤解もいいところだ。いや、嫌《きら》いではない、嫌いではないけれど、やはり誤解もいいところだ。

「ばかもの、それは温泉に限る話だ、別にいたるところで脱がしているわけではない」

「そ、そうなのですか⁉」

そうだわ、失礼な。

と、そこに、騒ぎを聞いて駆《か》け付けたのか、族長オーヘンデックが駆け込んできた。

「ど、どうなされました！　ハンター様！」

あ、やっと話の分かるエルフが、来た。

わたしがそう思ってホッと胸を撫でおろすと、族長オーヘンデックは、わたしのそんな安心を思いっきりはるか彼方《かなた》まで吹き飛ばすかのごとき強烈《きょうれつ》な爆風《ばくふう》を伴《ともな》った爆弾《ばくだん》発言を披《ひ》露《ろう》した。

「おお、リリウム、裸なところを見ると、さっそくハンター様にかわいがっていただいたか！」

へ？　か、かわいがる？？

「そ、それはどういう事だ？」

わたしの問いに、族長オーヘンデックは不敵な笑みをこぼした。

「もう、ハンター様、それは私の口からは申し上げられませんよぉ」

なんだそのリアクションは。申し上げろよ、即座に申し上げてくれよ。

わたしは助けを求めるように藺玉さんを見る。

藺玉さんは「ほれみい、思た通りや」とつぶやくと、あきれ顔で続けた。

「あんな主さん、主さんはどう思てたかしらへんけども、側女いうたらたいがいは愛妾《あいしょう》のこっちゃで？」

「あ、あいしょう？」

「お妾《めかけ》はんや、愛人言うてもいいわ」

あ、愛人だと？　本妻も、それどころか彼女《かのじょ》もいたことがないのに……愛人だと？

それはなんの冗談《じょうだん》だ!?

「いや、いやしかし、普通に使用人の女の事も側女と言わないか？」

リリウムの突然の愛人宣言に、うろたえるわたしがそう問うと、藺玉さんは落胆《らくたん》しきりで答えた。

「あんなぁ主さん、処刑をまぬかれる代わりに側女に差し出されてんねんで、ただの召使《めしつか》いなわけないいやろ」

そ、そんな……。

わたしは恐《おそ》る恐るリリウムを見る。と、そこには妙《みょう》にもじもじして身体をくねらせるリリウムがいた。

「わ、わたしは、準備万端《ばんたん》です」

こっちは準備できてないわ！　てかする気もないわ！

「いやぁ、我《わ》が妹が処刑をまぬかれるばかりか聖人の子を孕《はら》むことになろうとは、ありがたい話ですね」

孕ませんわ！　孕ませようともせんわ！

「な、なぁ族長オーヘンデック、そ、そのエルフの誓いを破ったらどうなるのだ？」

わたしがそう問うと、族長オーヘンデックは難しい表情で首をかしげた。

「そうですね、お勧《すす》めは致《いた》しませんが、〈コリイスの火矢〉が心臓を貫《つらぬ》いておりますので、心臓が止まりますね」

「堪忍《かんにん》やで主さん、いきなり死なはったらうち泣くでぇ」

まったく泣く気のない表情と声色《こわいろ》で、繭玉さんがぼやく。

とはいえ、わたしとしても、堪忍やで。だ。なにせ、わたしはつい昨日死んだばかりなのだ。どこの世界に一日二日でそう何度も死にたがるような奴がいるだろうか。

こ、これはなんとかせねば……。

うーむ、無理に話を変えることくらいしか思い浮かばな……あ、そうだ。

「そ、そんな事より族長オーヘンデック！　何かわたしに用があるのではなかったか？」

突如矛先《とつじょほこさき》を変えた話題に、族長オーヘンデックは「あ、そうでしたね」と他人事のように呟くと、それでも表情をきっと引き締めてその場にひざまずいた。

とりあえず、側女の件は後でよく考えておこう。

あと繭玉さん「にげよったで」とか小さい声で言わない、そして睨《にら》まない。

「ハンター様、仰《おお》せの通りハンター様のお屋敷《やしき》が出来上がりました」

なんだと！

「も、もう出来たのか？」

昨日の今日だぞ、しかも設計図が描《か》きあがったのはもうかなり夜遅《よるおそ》くだ。

「ええ、言ったではないですか、森の民エルフに任せておけば、家など一晩だ、と」

凄《すご》い、素晴《すば》らしい、何たる建築技術。昨日の段階で「ああ、木材の切り出しや搬入《はんにゅう》は魔法《まほう》でやりますので一人でもできます」と言っていたのを聞いた時から凄いとは思っていたのだが、この分だと、温泉街の構築も予想の何十倍も早く出来上がりそうだ。

なんて、感心している場合ではない。

「よし、いまいくぞ！　すぐいくぞ！」

わたしは布団《ふとん》を撥《は》ね退《の》けて立ち上がると、昨日貸してもらったエルフの寝間着《ねまき》そのままに、扉《とびら》に向かった。

「繭玉さん！　族長オーヘンデック！　わたしに続け！」

いざ行け者ども！　夢の温泉付き住居は目の前だ！

と、勇むわたしの気持ちとは裏腹に、情けない声が耳に入る。

「あのぉ、私はダメなのでしょうか？」

当たり前だ。

「全裸でなにを言っている。それともなにか、そのままついてくるか？」

ちょっとした意地悪だ。が、リリウムの返答はわたしの想像を超《こ》えた。

「はい！　ご主人様の御命令《ごめいれい》とあれば、このままついていきます」

やめてください、すいませんでした。

「じょ、冗談だリリウム。待っててやるからすぐ支度《したく》しろ」

「は、はい！」

たく、面倒《めんどう》なエルフだ。

たまらず吹《ふ》き出す繭玉さんをよそに、わたしはいらいらしながらリリウムの着替《きが》えを待った。しかし、この孤高《ここう》の温泉ハンターたるわたしに温泉のお預けをくらわすとは、リリウムめ。

いい度胸だ。

「いやぁぁ、これもまた、たまりませんなぁ……主さん」

「おっしゃるとおり、まったくですなぁ、繭玉さん」

朝の、若干《じゃっかん》イラつくひと悶着《もんちゃく》から一転。今わたしは絶頂の至福の中にいる。

「この、木の湯船から漂う香り……エルフの私にはもう耐《た》えられません……」

「せやな、ええ香りやぁ……」

可哀《かわい》そうなことに、執務《しつむ》の予定があって帰ってしまった族長オーヘンデックをのぞき、リリウムと繭玉さんも、このエルフの至芸ともいうべき内風呂《うちぶろ》に大満足の様子だ。

そう、今わたしは、新居に設置された内風呂に浸かっているのだ。

デザイン、設計共にわたしの思い通りの内風呂。

屋根はかやぶきで、入り口にはエルフ族の特産品である布で作った暖簾《のれん》までかかっている。さらに外湯から引かれてくるお湯は、土壁《つちかべ》から突き出た竹の樋《とい》から、一度大きなつくばいの中に落ち、当たりを軟《やわ》らかくして湯船に下りてくる。ふと見上げる目の高さには小さめの覗き窓。薄暗《うすぐら》い室内。

今流行の、日本人が日本で建てた日本建築なのに『和風』とか言うおかしな冠《かんむり》の付いている、やたらと外国人受けを狙《ねら》ったような明るい和風建築ではなく、薄暗い陰影《いんえい》の中で落ち着いた、まさしく古き良き日本の風呂《ふろ》、と言った風情《ふぜい》の建物。指示通りの完璧《かんぺき》な出来栄《ば》えだ。

しかし、それでも一番の売りは、この浴槽《よくそう》。

なんと、この浴槽、クスノキ風呂なのだ。

「うむ、こればかりはわたしもまったくの初体験なのでな。ここまでの物とは、正直思わなかったぞ」

それもそのはず、普通《ふつう》、クスノキ風呂と言えば、お湯の中にクスノキのアロマオイルやクスノキの枝などを入れて楽しむものだが、これは浴槽そのものがクスノキ。しかもだ、千年を超える大樹を輪切りにして中をくりぬいたという、元いた世界では絶対にありえない前代未聞《ぜんだいみもん》の大贅沢風呂《だいぜいたくぶろ》なのである。

さすがに初めに提案された時は森林伐採《ばっさい》的な意味で躊躇《ちゅうちょ》したが、この世界にそういう概《がい》念《ねん》はないらしい。むしろここまでの大樹でしかも常緑樹となると、下草や新しい木の発育の阻害《そがい》になるのだそうだ。

つまり。自然の大幅《おおはば》に減少してしまった元の世界の常識は通じない、という認識《にんしき》でいいだろう。まさに、この巨大《きょだい》なクスノキ風呂の威容《いよう》こそ、異世界の自然の雄大《ゆうだい》さそのものというわけだ。

証拠《しょうこ》にこの浴槽の大きなこと。

一本の木を輪切りにしてくり抜《ぬ》いた浴槽にもかかわらず、優に四、五人は入ってしまえるスケール。もし今泣いていい状況《じょうきょう》なら、わたしは泣いているだろう、泣きじゃくっているだろう。

それほどの浴槽だ。

「いやぁ、主さん、うちは温泉は外が一番気持ちええやろと思ててんけど、こういうのもまたいいもんやなぁ」

「その通りだよ繭玉さん。特に、木製の湯船は温泉に効能をプラスしてくれるからな」

「本当ですか？　そんな不思議な事が!!」

と、リリウムが毎度のことのように立ち上がる。

まったくこの小娘《こむすめ》は、昨日あれほど言っておいたにもかかわらず、進歩がない。おかげでこの世界にやってきて、こうやってリリウムの股間《こかん》を至近距離で直視するのは何度目になっただろうか。

「リリウム、座れ！」

「あ、そうでした、すいません」

いやにあっさりだな。

「ん？　いつものような叫《さけ》び声《ごえ》は無しか？」

「あ、それなら慣れました」

こっちは慣れんわ。って、まぁいい、エルフの技術の粋《すい》を集めたこの浴槽に免《めん》じて許してやろう。

「で、ご主人様、本当に効能、つまり薬効が増えるのですか？」

ああ、その事か。

それでは、温泉道の講義をはじめようか。

「じつは温泉というのは、その湯を溜《た》める浴槽の材質に大きく影響《えいきょう》される部分がある」

「浴槽に、ですか？」

「ああ、その通りだ。そして、中でも、こうして温泉を木の浴槽に流し込めば、温泉の中に木の薬効がしみだしてくる。特にクスノキのような匂いの強い木材にそれは顕著《けんちょ》で、薬効は強い」

クスノキの湯船などはもちろんめったにあるものではないが、というか見たことすらないが、スギやヒノキが浴槽の木材に使われることが多いのは、そのせいもあるのだ。

「へぇ、主さん、ほなどんな効果がありますの？」

「うむ、クスノキ風呂の効果は、大きく分けて鎮痛《ちんつう》作用と消炎《しょうえん》作用、そして……繭玉さんちょっと一度立ち上がってみなさい」

わたしの指示に、繭玉さんは「ええけど、なんで？」とつぶやきながらゆっくりと立ち上がった。そして「うわっ」と感嘆の声を上げる。

「な、なんやすーすーするで、主さん」

「そう、それがクスノキ風呂のもう一つの効果、清涼感《せいりょう》というやつだ」

どうだすごかろ？

これこそがクスノキ風呂の強大な力。なにせ、この湯は薬効の塊《かたまり》と言ってもいいのだからな。

一般《いっぱん》に、クスノキが湯の中に染《し》み出させる成分は、サフロール、リナロール、シネオールといろいろある。しかし、やはりその中でも、一番効果を発揮するのが、なんと言ってもカンファー。かつての医学用語的に言うとカンフル。つまり樟脳《しょうのう》なのだ。

樟脳はそもそも服の防虫剤《ぼうちゅうざい》として有名だったもので、その殺菌《さっきん》消毒、防腐《ぼうふ》防虫効果は数ある木材 抽出物《ちゅうしゅつぶつ》の中でも他の追随《ついずい》を許さない。またカンフルと呼べば、カンフル剤《ざい》の名のとおり強心剤《きょうしんざい》の材料にも使われていたほどの血行促進《そくしん》効果を持っているのだ。さらには、テンペノール系の植物精油に見られる清涼感と鎮痛効果もあるという、まさに樹木由来成

う。

　つまり、そんな王たる薬効の大樹に抱《だ》かれて入るこの湯は、まさに天上の愉悦《ゆえつ》と言えよう。

「詳《くわ》しく言えば、鎮痛効果によって肩《かた》こり、腰痛《ようつう》、関節痛など各種痛みを緩和《かんわ》し血行促進効果によってその症状《しょうじょう》を改善させる。ほかにも、殺菌消炎《さっきんしょうえん》の作用で皮膚病《ひふびょう》を和《やわ》らげ、清涼感がそのかゆみを止める。ちなみに薄毛《うすげ》にも効果があると言われている」

　そしてこの香り。言うまでもなく、極上《ごくじょう》のリラクゼーション効果だ。

「は、はぁ、なんだかよくわかりませんが、とにかくすごいことはわかりました」

　リリウムが呆然《ぼうぜん》と呟く。うむ、リリウムにはそれだけわかっていれば十分だ。

「しかもこの風呂の凄さはそれだけではない。今後、エルフの温泉街を作るうえで最重要というべき課題をもクリアしているのだからな」

「そ、それは何なのですか⁉」

うむ、天然とはいえ、エルフ温泉の責任者のひとり。その辺はやはり気になるらしい。

「なぁリリウム、この温泉の湯加減、つまり温度はどうだ」

「は、はぁ、いい具合かと」

「不思議ではないか？」

「え、は、へぇ、不思議といわれても……」

と、ここで繭玉さんが「なるほどなぁ」と一声上げて話に入ってきた。

「あっちの外温泉から温度を下げんまま、お湯をここまで運んでくるっちゅう方法があるんやな?」

さすがは一番弟子《でし》。

「その通り! この内風呂には、湯樋《ゆどい》という木製の送湯装置を使ってここまで温泉を運んでいるのだよ」

湯樋、これは草津《くさつ》温泉に行った事がある人ならば必ず見たことがあるとは思うが、あの湯畑に設置されている細長い木製の溝《みぞ》の様な物、あれが湯樋である。

簡単に言えば木製の送湯管だ。

時代や土地によって製法や形は様々だが、お湯を冷めさせることなく運ぶために、今回は二重構造にして間に断熱材を挟む方法を族長オーヘンデックに提案してみたのだが、どうやらうまくいったらしい。

断熱材は細かい木のチップを使うと言っていたが、さすがはエルフだ。

温泉街計画を考えるとき、ここはもちろん、もう一つの黒湯の方もそうなのだが、どうしても他の施設《しせつ》に分配して運ぶとなれば沸《わ》かし直しになる。しかしこのレベルの性能が出せる湯樋があるならば、源泉近くの温泉施設なら沸かし直しの必要はなくなるだろう。

沸かし直しでも十分素晴らしいが、源泉そのままの温泉の価値は高い。

というわけで、これは、まさに最重要アイテムと言っていいのだ。

「ふふふ、順調だな」

と、わたしが新設備の出来栄えにほくそえんでいた、その時、突然リリウムが大声を上げた。

「誰《だれ》だ！」

声とともに、リリウムの視線の先、湯殿《ゆどの》の入口辺りを見る。と、そこから低い声が聞こえてきた。

「オンセンマンジュウ3世様、族長オーヘンデックより、準備が整いましたので玄関《げんかん》までお越《こ》しくださいとのことです」

おおできたか！　それは急ごう。

わたしはすぐさま立ち上がると、少しなごりは惜《お》しいが、その奇蹟《きせき》の温泉から上がる。

「繭玉さん、リリウム。お前らも今すぐ出て、ついて来い！」

「え、ええけどなんなん？」

繭玉さんは突然の事に戸惑《とまど》いを隠せないようだ、が、そんなことは今はどうでもいい。

「いいからこい」

と、リリウムが、不安そうに問いかけてきた。

「あ、あの……」

「なんだ」

急いでるんだ、手短に頼《たの》む。

「服は着て行っていいでしょうか」

……このあほエルフめ。

実はもともと露出癖《ろしゅつへき》でもあるんじゃないのか？

エルフの郷《さと》で純天然なのは温泉だけで十分だ。つきあってられん。

「好きにしろ」

「わかりました……では……着ます！」

悩《なや》むなよ。

わたしは苦笑《くしょう》しながら脱衣場《だついじょう》に向かい、手短に着替えを済ますと玄関へ向かった。

「おお、貧乏《びんぼう》くじさんではないか、お疲《つか》れ、お疲れ」

玄関で、御付《おつ》きのエルフに囲まれた族長オーヘンデックが、苦笑しながらわたしを出迎《でむか》える。

「ハンター様、それは言わないでくださいよ。おかげで仕事が手につきませんでしたよ」

そうだろうな、わたしに真似《まね》はできん。

そんな族長オーヘンデックに意地悪な笑いを向けて、わたしは玄関の上に掛《か》けられた布を見た。

「出来はどうだった？」

「はい、デザイン通りで完璧ですよ」

「それは、ありがたい」

わたしと族長オーヘンデックが、悪代官と越後屋《えちごや》のような笑いを交《か》わしながらささやき合っていると、湯上りの風情を振りまいて浴衣姿《ゆかたすがた》の繭玉さんとリリウムが、下駄《げた》ばきでかけてきた。

「おお、これは似合う！」

最初に声を上げたのは族長オーヘンデックだ。

しかし、彼女の言う通り、その姿はなかなか似合っている。

「堪忍な主さん、リリウムに着付けるのに手間取ってしもた。リリウム手足が長いねんもん、やっぱり日本人やないとなかなか寸法あわへんもんやな」

実はこの浴衣《ゆかた》のアイデアは、繭玉さんの発案である。

せっかく純和風の温泉家を立てるんだから、やっぱり浴衣でないと締まらないだろうという彼女の意見は、服飾《ふくしょく》に興味のないわたしには正直どうでもよかったのだが。

ものはついでや。と、なんと繭玉さんが一晩で縫《ぬ》い上げてしまったのだ。

そして、今は心から思う、繭玉さんグッジョブ。

「どや、主さん、ええやろ？」

元々エルフは織物も盛《さか》んで、浴衣に合う反物《たんもの》もあったらしい。その少しエキゾチックなエルフ柄《がら》は不思議と繭玉さんによく似合っていた。

見た目は子供だが、中身は大人。

そんな、どこかの少年探偵《たんてい》の様な繭玉さんだ。

そのせいか、こうして湯上りに浴衣姿で濡《ぬ》れ髪《がみ》を簡単にまとめただけの姿が、その風貌《ふうぼう》に似合わぬ色香を醸《かも》し出していて、正直佳《よ》い女だ。が、明らかに小学生くらいの姿を目の前にすると、どうもそうは言いにくいのも事実。

「うむ、ま、まぁまぁだな」

「こーのてれやさん」

「やかましい」

ふと見ると、リリウムは姉の族長オーヘンデックにしきりに褒《ほ》められて顔を真っ赤にしてもじもじしている。どうも昨日からそう思ってはいたのだが、あのリリウムの並外れた天然ぶり、族長オーヘンデックの過保護が原因で間違《まちが》いないだろう。

と、そんなことはまぁいいとして、そろそろメインイベントと行きますか。

「族長オーヘンデック、ではスタンバイたのむ！」

「了解《りょうかい》です、ハンター様」

族長オーヘンデックはそう答えると、御付きのエルフに何事か命じた。

すると、御付きのエルフは玄関の上に掛けてある布の下に行き、そこから垂れている二本のひもの下に待機した。

「なぁ、なにがはじまるん？」

繭玉さんがいぶかしげにわたしを見上げて尋《たず》ねる。

「まぁ、見ていればわかる」

わたしはそう言って繭玉さんに微笑《ほほえ》みかけると、族長オーヘンデックに声をかける。

「よし、では除幕だ！」

「はっ、お前ら引け！」

掛け声とともに族長の御付きのエルフがひもを引いた。

と、同時に玄関の上に掲《かか》げられた額が姿を現す。そう、この温泉付き新居の名称《めいしょう》を記した額の除幕式というわけだ。なんという地方公務員的発想。町役場的展開。

しかし、効果は抜群《ばつぐん》だ。

「あ、これ……主さん……」

姿を現した額に、繭玉さんが呆然と声を上げて立ちすくむ。

「うむ、よいできだな！」

さすがはエルフ、木工に関しては言う事がないな。

「ご主人様、これは何と書いてあるのですか？」

リリウムは不思議そうな顔で見上げている。それはそうだ、額は漢字で注文したのだ。

「ん？　これか？」

わたしは繭玉さんの顔を見る。繭玉さんは口を押《お》さえて震《ふる》えていた。

「これはな、繭玉山荘《さんそう》、繭玉の湯。と読むのだ」

「へぇ、ということは、この温泉に繭玉様の名前をつけたのですね」

ああ、そうだ、それしかない、と思ったのだ。

「こんなん……あかんやん……。うち……泣いてまうわ……」

そう言って繭玉さんはわたしの裾《すそ》にすがりついて、そこに顔を押《お》し付けた。

「主さん卑怯《ひきょう》や、卑怯やわぁ」

フフフ、何をいまさら。

「ここは繭玉さんに出会った場所、そして初めて一緒《いっしょ》に入ったお湯だ。この名前がふさわしいだろ?」

わたしの言葉に、繭玉さんは裾にすがりついたまま「うんうん」と頷《うなず》いた。

「族長オーヘンデック!」

「はっ」

「この先わたしに何があっても、たとえ道半ばに倒《たお》れても、いつか死ぬその日を越えて、いついつまでも、エルフ族の全力で未来永劫《みらいえいごう》この名を残しこの温泉を守れ」

「はっ」

族長オーヘンデックは力強く頷いて、頭を垂れる。

うん、大丈夫《だいじょうぶ》だ。

あの夜、繭玉さんは「長く生きて」とわたしに言った。

もちろん、わたしもそのつもりだ。

とはいえ永遠に近い生を生きる繭玉さんに比べれば、わたしがどんなに長生きしようとも、きっと『すぐ』死んでしまう事だろう。そうなれば、また繭玉さんはどこかの世界に旅立つ。それがお使い姫《ひめ》たる繭玉さんの、旅人の宿命。

しかし、どれほど時が過ぎても、わたしや繭玉さんの思い出が、この世界から消え去っても、この温泉は残る。

わたしは繭玉さんの頭を撫《な》でながら、小声でつぶやいた。

「これで繭玉さんの名前は、ずっとこの世界に残るな」

「ありがとな、ありがとな、主さん」

頭を撫でられながら、裾にすがりついて繭玉さんは泣きじゃくる。

「ああ、気にするな」

なぁに、それでもとうぶんは、わたしの相棒でいてもらうさ。

わたしは繭玉さんの頭をなでながら、ゆっくりと額を見つめた。


異世界名湯選その一、エルフの郷『繭玉の湯』

うむ、この世界で見つけた初めての温泉の名前にふさわしい、素敵《すてき》な名前だ。なにのどんな名よりもふさわしい、最高の名だ。

本当に、いい名だ。

エルフたちに見守られて、いまだ泣きじゃくる繭玉さんの頭を撫でながら、わたしは満足げに頷いた。

効能その六　銭湯のオープンときんきんのエール

「ふうむ、エルフの作った石鹸《せっけん》も、なかなかいい感じだな」

石鹸の泡《あわ》でぬるついた身体を流しながら、わたしはそのこげ茶色の石鹸を見つめてしみじみと頷く。

そもそも温泉街は、巨大な複合的浴場施設の様な物。

となれば、そこにはやはり石鹸はかかせない。しかし残念ながら、この世界には石鹸という物は存在しないらしく、エルフに関して言えば泡立《あわだ》つ樹皮などで身体を洗っているのだそうだ。

まぁ風呂に入る習慣もなく、水浴び主体の生活だそうだから、それも仕方がないと言えばそうなのだが。

とはいえ、風呂に石鹸は欲《ほ》しい。

そこで、なければ作ってしまえということで、新しく石鹸作りに取り掛かろうと思ったのだが、温泉以外に全く興味のないわたしにはその知識がほとんどなかったのである。ただ、脂分《あぶらぶん》をアルカリ性の何かで鹸化《けんか》させて固めればそれなりに石鹸にはなる。というイメージはあったのだが、正直それだけの知識では何ともならない。

なかでも一番のネックは、アルカリ性の何か、だが、なにせ薬局がないのだ、苛性《かせい》ソーダを買ってくるというわけにもいかない。

と、二、三日頭を悩ませて、わたしは自分がどれほどお馬鹿であったのかに気付いた。

あの黒湯は炭酸水素塩泉。

しかも重炭酸ナトリウムを主成分とした純重曹泉じゃないか、と。そう、あの温泉自体がアルカリ性の水溶液《すいようえき》なのだ。煮詰《につ》めれば相当純度の濃《こ》い炭酸水素ナトリウム水溶液が取れる。毎日のようにアルカリ性水溶液に浸《つ》かっていながら、なんぞいいアルカリ性の物はないかと考えていたのだから、情けない。

と、いうわけで、出来上がったのがこの石鹸。

煮詰めて濃くした温泉水にエルフたちが髪《かみ》を整えるのに使っているヒニューダという花の種からとれる油を混ぜて作った。不純物やら水のミネラル分だとかいろいろ気にすることはあるような気はするのだが、はっきり言って詳しくないので、いろいろ試行錯誤《しこうさくご》を重ね無理やりやってみたら（実際やったのはわたしではないが）案外あっさりとできた。

まぁ、できたならそれでいいのだ、神の恵《めぐ》みという事にしておこう。

で、これが、まさに神の恵みといった感じでずいぶんと具合がよいのだ。

ヒニューダの種油はいわゆる椿油《つばきあぶら》の様な物で非常に保湿《ほしつ》成分が高い。さらにこの奇跡《きせき》の温泉ともいうべき黒湯を煮詰めて作ったアルカリ水溶液はもうそれ自体が肌《はだ》に良いこと請《う》け合いの物。結果、出来上がった石鹸が一級品になるのは作る前から想像はついたのであったが……。

使ってみて感じる、このお肌のしっとり感、そしてこの香り。

こりゃ、売れる。

そう確信するにふさわしいものだ。

「こりゃ族長オーヘンデックも喜ぶな」

いや、もうすでに頭の中でそろばんをはじいているのかもしれんな。

わたしは、たまにえらく目端《めはし》の利く商人のごとき顔になる族長オーヘンデックのわるーいあきんど顔を思い出して、苦笑しながら立ち上がり、湯船に向かった。

途中《とちゅう》、洗い場で石鹸の威力《いりょく》に感嘆《かんたん》の声を上げる男たちの背中をかき分けて、だ。

そう、実はここ、銭湯なのだ。

名湯『繭玉《まゆだま》の湯』が落成してからたったの一か月、この本格的な銭湯施設である『稲荷《いなり》湯《ゆ》』は本日オープンにこぎつけることが出来る次第《しだい》となったのである。

「ふいー、しかし、エルフの技術には恐れ入るなぁ」

わたしはそう感心しながら、ヒノキで作られた巨大な湯船にゆっくりと浸かる。と同時に、温泉のすべてとヒノキの香りがわたしの身体に染み渡《わた》る。

純天然温泉でヒノキ風呂の銭湯。まったく、贅沢《ぜいたく》にもほどがある。

「おお、これはオンセンマンジュウ3世様ではないですか」

ふと見ると、隣《となり》に浸かっていたのは、この銭湯を作るうえで何度も打ち合わせをしたおかげでずいぶんと顔見知りになったエルフ大工の棟梁《とうりょう》デリュートさんだ。そう、この人こそ、こんなしっかりとした施設をたった一か月で作り上げた張本人なのだ。

頑《かたく》なにオンセンマンジュウ3世様と呼び続けること以外、本当に気のいいおっさんだ。

「おお棟梁、どうです銭湯は」

今日はこの銭湯のオープン日、さすがにデリュートさんも気になってやってきたというわけだ。

「いや、最初は恐る恐るでしたが、こうして入ってみるといいもんですなぁ」

そう言うとデリュートさんは、肩にかけていた手ぬぐいを湯船につける。

「棟梁、手ぬぐいを湯船につけるのは御法度《ごはっと》だ、入口の注意看板に書いてあったろ?」

「お、おっと、こりゃ失礼」

タオルや手ぬぐいを湯船につけないというのは温泉マナーのイロハのイだが、まぁ風呂という物自体初めてのエルフだ、あまり目くじらを立てず、やさしく注意するくらいでいいだろう。

「で、棟梁、温泉はエルフには受けそうかな？」

今まで族長姉妹《しまい》にしか感想を聞いていなかったのだ、気になるのはそこだ。

「そうですなぁ、なんせヒュデインの呪《のろ》いは数千年にわたって存在した話ですからな。そうそう人の心を溶《と》かすというわけにはいかないでしょうが……」

ふむ、やはり難しいか。

「ま、大丈夫でしょう」

ん？

「これほど気持ちがいいのですからな、すぐなれます」

なるほど、確かにその通りだ。

「今日は初日ですからな、来ているのは命知らずを売り物にする奴《やつ》らと新しい物好きの若者ばかりですが、口伝えに話が広まればすぐでしょうな」

うむ、そうなってほしいものだがやはり心配は心配なのだ。大見得《おおみえ》切ってここまでの物を作っておきながら、全く受け入れられなかった。では、湯川好蔵《ゆかわこうぞう》、またの名を温泉饅《おんせんまん》頭《じゅう》3世《せい》、人呼んで孤高の温泉ハンターの名がすたる。

しかし、だ。

「いやぁ、棟梁、この建物は本当に立派だな」

わたしはそう言うと、棟梁デリュートさん謹製《きんせい》の銭湯をもう一度じっくりと見渡《みわた》した。

そして改めて思う、この銭湯、本当にとんでもない建物だ。

正直、エルフの木材加工技術というモノを見せつけられ続けているわたしが、それを考《こう》慮《りょ》したうえで想像していた完成形というものはあった。しかし、出来てみれば何倍もすごいものが出来てしまった感があるほどに、この銭湯はすごい。

「はっはっは、おほめにあずかって光栄ですなぁ、オンセンマンジュウ3世様」

「うむ。まさかここまでの物が出来るとは正直思っていなかったのでね」

「いやぁそう言われるとほっといたしますな、なんせここまで大きな建物を建てるのは初めてでしたからなぁ」

そう言うと棟梁デリュートさんは遥《はる》か高くの天井《てんじょう》を見上げる。

わたしは、温泉施設の建物に関してその出来上がりにはうるさくても、建築方法などについてはまったくもって無知である。したがって、ここまで大きな建物を純粋《じゅんすい》な木造建築で、それこそ鉄くぎの一本も使わずに建ててしまえるなんて想像もつかなかった。

少なく見積もっても、高い壁《かべ》で隔《へだ》てられた男湯女湯合わせた広さは湯殿だけでちょっとしたコンサートホールくらいはある。しかもここ以外に脱衣場とその二階に休憩所《きゅうけいじょ》まであるのだ。

そんな広大な銭湯のその湯殿には、温めなおして熱い湯、そのままの湯、そして少し冷ましたぬるい湯と温度を変えてある巨大なヒノキの湯船が三つ。そして、その前面には洗い場が三列あって、一列ごとに温水冷水に分かれた蛇口《じゃぐち》のセットが表裏《うらおもて》にそれぞれ二十セット、つまり一列合計四十セットで全体で百二十セットもある。

言うまでもないが、これなら、相当しっかりとした収容人数が確保できる。

さらに美観的な事を言えば、天井は高く、そこに明かり取りの窓がいくつか開いていて中は十分に明るい。おかげで、天窓から差し込む日の光に照らされた木造の湯殿は神秘的で趣深《おもむきぶか》い。夜になれば天上から下がっているランプに火がともるのだそうだが、きっとその光景も神秘的で美しいものになるだろう。

普通の銭湯と違《ちが》って金属やタイルやガラスが全く存在しない事も、また大きな屋根を支えるために洗い場の各所に巨大な柱が立っていることも、そこはかとなくいい味を出していて、格別である。

桶《おけ》も木製、蛇口も木製。これも非常に素晴らしい。

が、やはり何より目を惹《ひ》くのは。

わたしはゆっくりと振《ふ》り返って巨大な壁を見上げた。

「この壁絵の出来上がりは、棟梁の腕《うで》の良さを物語っているな」

そう、銭湯に欠かせない壁絵。

タイルが存在しないためタイル絵ではなく、木の壁に浮《う》き彫《ぼ》りで施《ほどこ》されたものだが、モチーフは当然、富士山だ。この世界に富士山がない事は言うまでもないが、銭湯の壁は富士山、ここは譲《ゆず》れない。

「いえいえ、それほどでも」

そう答えながら、顔が謙遜《けんそん》する気持ちを裏切って、勝ち誇《ほこ》って見える棟梁デリュートさんの正直な性格が快い。しかしまぁ自慢《じまん》しまくっても文句は出ないレベルの技術だ、棟梁デリュートさん自体相当の大工としての年季を積んだのだろうことは容易に想像できる。

そう考えると、相当歳《とし》なんだろうな、棟梁デリュートさん。

とはいえ、話に聞くところによると、エルフは基本的に歳を取らないそうだから成人を迎《むか》えた後は年齢《ねんれい》という概念自体あんまり意味をなさないという事なのだそうだ。そう考えると、いったいい棟梁デリュートさんは何年大工をやり続けているのか、考えるだに恐《おそ》ろしい。

どう頑張《がんば》っても約百年しか生きられない人間が追い付くレベルではない。

さらに、エルフは全体的にスタイルがよく美形なものだから、若々しい美形のこの棟梁デリュートさんから熟練の職人感は全くもって漂《ただよ》ってはこないのだから、異世界というのはまったくもって興味深い世界だ。

「いつか、ここも人であふれるとよいのですがなあ」

まぁ、しゃべり方はおっさん臭《くさ》いんだけどな。

「ですね、いや、きっとそうなりますよ」

そうなってもらわなければ困る。ここはエルフの里温泉街化計画の要でありその中心となるところ、そして最初の一歩でもあるもの。ここで躓《つまず》いては先には進めないのだから、自然とわたしの声にも熱がこもる。

と、その時、壁の向こうから大声が響《ひび》いてきた。

「主さーん！　もうこっちは出ようか言うてるとこやでー」

繭玉さんの声だ。うむ、これはこれで銭湯の風情ではあるな。

「了解だ！　わたしも出よう！」

大声で答えておいて、微笑む棟梁デリュートさんに会釈《えしゃく》をする。

「ではおさきに」

「はい、脱衣場はもちろん、二階の休憩室《きゅうけいしつ》も会心の出来ですからゆっくりくつろいでいってください」

もちろんだ。

「了解した、ではまた、いろいろお願いすると思うが……」

わたしが言いかけると、棟梁デリュートさんは満面の笑《え》みで胸を叩《たた》いた。

「お任せ下さい、オンセンマンジュウ３世様のお仕事は、いろいろ楽しくてうずうず致《いた》します」

それはよかった。

わたしはゆっくり頷くと、休憩室へと向かった。

「おお、みんなそろってるな」

二階の休憩室に上がると、そこには繭玉さんとリリウム、そして族長オーヘンデックが木製のデッキチェアの様な物に半分寝《ね》そべった格好でゆったりとくつろいでいた。しかも全員浴衣だ。

上気した顔に濡れ髪の浴衣美女三人。これはこれで、非常によいな。

「待ってたで、主さん」

「おお、繭玉さん、それはみんな新作か？」

「せや、いかすやろ」

いかすって、古いな。

ま、確かにどれもよく出来ている。繭玉さんの浴衣は白地に金魚の柄、リリウムの浴衣は紺地《こんじ》にあれは水仙《すいせん》だろうか。族長オーヘンデックの浴衣は黒地に緋牡丹《ひぼたん》。どれも、かなり出来がいい。

しかもよく似合っている。

「こっちの織物職人さんも染め物職人さんも、えらい勉強熱心やし腕もごっつええねん。せやから、うち楽しうてな」

繭玉さんは瞳《ひとみ》をキラキラさせて、裾から覗《のぞ》く白く細い脚《あし》をパタパタさせた。

そう、実はこの浴衣の製造は、発案から生地《きじ》の制作、デザインから染め、そして縫製《ほうせい》に至るまで、すべて繭玉さん主導で行われたものなのだ。しかもそこに族長オーヘンデックの商人魂《だましい》が加わって、どうやらこの銭湯でしか買えない限定商品にするつもりらしい。

ナイスアイデアだ。温泉名物は、ある程度の種類がないと形にならないしな。そう、あの石鹸も当然その候補だ。

「そうだ、族長オーヘンデック、今日初めて使ってみたが、あの石鹸は間違いなく売れるぞ」

「はい、私もそう確信しました。温泉ですべやかになった肌が、さらにすべやかにしっとりとするような感覚、あれは絶対に女性に受けます」

さすが族長オーヘンデック、予想通りそろばんをはじき終わっているらしい。

と、ここでリリウムが割って入った。

「少なくとも、王都のヒューマン、あとはセイレーンとダークエルフ辺りには受けると思います、ご主人様」

リリウムもうれしそうだ。

何せ石鹸づくりの総指揮は、リリウムなのだから。

実は、石鹸づくりに関して、わたしが関わったのはリリウムに簡単な理屈《りくつ》を教えるところまで。あとはリリウムが寝る間を惜しんで試行錯誤し、そして、結果的に見事に作り上げたのだ。しかもこれほどの品質に仕上げてきた。その功績は想像以上にでかい。

「よくやったなリリウム、何なら石鹸の商品名を白百合《しらゆり》石鹸《せっけん》にでもするか？」

「白百合？」

「ああ、わたしの世界ではな、リリウムというのは白百合の事なんだよ」

その言葉に、リリウムの顔が目に見えて上気した。

「はい！　ぜひ！　ぜひとも‼」

忙《いそが》しい時や深刻なときには非常に面倒《めんどう》な天然娘のリリウムだが、こういう時の素直《すなお》な反応はなかなかに好ましい奴でもある。

「ああ、ではそうしよう」

「でも主さん、この黒い石鹸を白百合いうんは……」

藺玉さんが、難しい顔をして首をかしげる。

「え？　え？　ダメですか？？　ダメなんですか？？」

途端《とたん》に、リリウムがこの世の終わりでも訪《おとず》れたような顔でワタワタし始めた。

どうやら、藺玉さんはこうしてリリウムをからかうのが三度の飯よりも好きらしいのだ。家にいるときも、しょっちゅうこうしてじゃれ合っている。

「ええな！　黒い石鹸で洗うと白百合のように美しい肌になる。このギャップがええねん」

「もぉ、脅《おど》かさないでくださいよぉ」

とはいえ、わたしの側女《そばめ》でありながらほとんどの時間を藺玉さんにくっついて歩いているのだから、リリウムもこういうじゃれ合いを好んでいるだろう事は間違いない。

「へへぇ、びっくりした？」

「もう、藺玉様の意地悪っ！」

いいコンビだ。

じゃれあう二人を見て、わたしと族長オーヘンデックは微笑みあい、そしてすっと真顔に戻《もど》った。

「で、街道《かいどう》商権の話はうまくいっているのか？」

「は、有言十支族《ゆうげんじゆっしぞく》王による族長会議開催《かいさい》の御裁定《ごさいてい》はまだですが、開催に向けての情勢は悪くないと思われます」

「そうか、とりあえずはそれがないと始まらんからな」

わたしの言葉に、族長オーヘンデックは深くうなずく。

どの世界であってもそうであるように、当然この世界にも秩序《ちつじょ》という物がある。この世界に存在する言葉を有する人型の種族を有言十支族といい、その頂点には有言十支族王というのが存在して、それらすべてを束ねているのだ。

そしてそれは、わたしと同じヒューマン、つまり人間らしい。

「しかし、種族を超《こ》えた商売をするには街道商権なんて面倒なものが必要になるとは、思ってもみなかったな」

「まぁ食料品は除外されていますが、それでも、利権というものはどこにあっても存在するものですからね」

「たしかにな、で、族長会議、上手《うま》くいきそうか？」

「そうですね、先程《さきほど》申しましたように会議開催の裁定はまず間違いなく頂けると思われますし、ダークエルフとドワーフさえ妙《みょう》な事を画策しなければ……いけるでしょう」

街道商権とはいわゆる通商許可《きょか》証の様なもの。

この世界では他種族との商売には必須《ひっす》のもので、エルフ領内で他種族に物を売る時にさえこれが必要らしい。しかも、それを得るには、西のエルフと呼ばれるエルフ・東のエルフと呼ばれるダークエルフ・山の民ドワーフ・人魚セイレーン・竜人《りゅうじん》ドラゴニュート・妖《よう》精《せい》フェアリー・小人族ホビット・吸血鬼《きゅうけつき》ヴァンパイア・鳥人ハーピー・そしてヒューマン。この有言十支族の族長で執《と》り行われる族長会議において過半数の賛成が必要なのだそうだ。

そして、それは是《ぜ》が非《ひ》でも手に入れなければいけないもの。

街道商権がないと、石鹸や浴衣といった名産品の販売《はんばい》はおろか、銭湯で他種族から金をとることすらできないらしい。これでは、この先、どれだけ温泉宿や商店街を作ったところで、まったく意味をなさない。

したがって、何が何でも過半数を取らなければならない、の、だが。

西のエルフは東のエルフであるダークエルフと山の民ドワーフとの間で、しょっちゅう小競《こぜ》り合いを起こすほどに馬が合わないらしい。

そもそも西のエルフの財政がひっ迫《ぱく》しているのも、この世界に欠かせない魔法《まほう》の源である魔石《ませき》の原石採掘《さいくつ》をドワーフが、それに魔を込める作業をダークエルフが得意としているため、一々いろんなものにお金がかかって仕方がないというのが原因なのだそうだ。

つまり、生活必需品《ひつじゅひん》である魔石に対してドワーフやダークエルフから買うよりも、他の種族を迂回《うかい》した方が安い時さえあるという法外な値段を吹《ふ》っ掛けられている、ということなのだ。

「もちろん、我々エルフだって琥珀《こはく》を基に魔石を生成することもそれに魔を込める事も出来ます。しかし、ホコリ臭い坑道《こうどう》を這《は》いずり回るドワーフほど大量に魔石は手にできませんし、薄汚《うすぎたな》い外法《げほう》を使うダークエルフのように強力な魔を閉じ込めることはできないのです」

と、魔石の説明の時に言い放った族長オーヘンデックのセリフで、その軋轢《あつれき》の深さは把握《はあく》できた。

言い出したらきりがないが、どこの世界にもある話だ。

「うむ、まぁ街道商権については、任せた」

「はい、この浴衣と石鹸を見せれば、他の種族は目の色を変えて食いつくことでしょう」

うむ、それならばよい。

と、ここで、わたしは気になっていたことを思い出し、族長オーヘンデックに尋ねた。

「ところで、湯殿《ゆどの》の蛇口だがな」

「ああ、あのお湯と水の出る装置でございますね」

「うむ、あれはいったいどうやっているのだ？」

そうなのだ、今日初めてここに来て、そして蛇口を使用するまで気が付かなかったのだが、よくよく考えてみればお湯と水が出る蛇口など文明の利器がなければ作れっこない。そんなことをすっかり忘れて注文したわたしもわたしなのだが、言われるがままに作ってしまったエルフはいったいどうやったのか気になっていたのだ。

しかも、蛇口から出る水やお湯に温泉は使ってはいけないと注文を出しておいた。でなければ、温泉に入った後にどうしても温泉の湯を洗い流したいという人に対応できないからだ。

稲荷湯の泉質はそこまで強いものではないのだが、まぁ中には皮膚《ひふ》の弱い人もいる。そこは気を配りたいところ。

というわけで、温泉を使えない以上、蛇口から出る湯は、真水を沸《わ》かしてあるという事になる。しかし、あれだけの数の蛇口だ、相当大掛《おおが》かりな薪《まき》のボイラーでもなければ普通《ふつう》は無理なはずだが、それがあるような感じでもない。

しかし、そんなわたしの疑問に族長オーヘンデックはいとも簡単に答えを出した。

「ああ、あれですか、あれは魔法なんですよ」

「魔法?」

なるほど、この世界にはこれがある。

「井戸から汲《く》み上げた水を溜《た》める樽《たる》に琥珀を中心に据《す》えた魔法印を押しまして、その魔法印に水を温めるように魔法をかけているのです」

そう言うと族長オーヘンデックは得意げに続けた。

「井戸から汲み上げるのも、魔法でやっているのですよ」

なるほど、便利なものだ、しかし。

「ならばエルフの郷《さと》中にその魔法印とやらを配置すれば、各家庭でお湯も水も使い放題ではないか」

と、これにはリリウムが答えた。

いつの間にか繭玉さんに髪の毛をいじられて、どうにも前衛的な髪形《かみがた》になりつつあるリリウムが、だ。

「いや、あのように高度な魔法印を組めるのはお姉さまくらいのもので、それを郷中に配置などしたら、お姉さまが干《ひ》からびてしまいます」

いたって真面目《まじめ》な説明だが、繭玉さんが今まさに追加しつつあるサイの角の様な編み込みが笑いを誘《さそ》う。

ま、好きに遊ばせておこう。

わたしは族長オーヘンデックに向き直る。彼女《かのじょ》もまた、リリウムの前衛的な髪形に苦笑《くしょう》しつつも、話を続けた。

「いやまぁ、干からびることはありませんが、さすがに現実的とは言えないかもしれませんね。それにみだりに魔法印を押せば、魔法に依存《いぞん》した生活しか営めなくなります。族長として、そうはなってほしくないので」

ううむ、えらい！

便利な機械に囲まれた現代人に聞かせてやりたい。

「なるほどな、しかしあれがあるとないとでは大きく違うからな、さすが族長オーヘンデックという所だ」

「おほめにあずかりまして光栄です」

族長オーヘンデックは深々と頭を下げる。

と、その時うしろから声がかかった。

「おぉおぉ、これはこれは御一行《ごいっこう》様方、まだいらっしゃいましたか」

見れば、えらくご機嫌《きげん》な棟梁デリュートさんがコップを片手に赤ら顔でこっちに向かってきているではないか。

「これは棟梁、昼間からご機嫌だな」

「なぁに、やはり風呂《ふろ》上がりは冷たいエールに限りますな」

何がやはりだ、風呂上がりに飲むのは今日が初めてだろうに。

「しかし、オンセンマンジュウ3世様は酒の飲み方にも精通されておるのですな、まさかエールは冷やして飲むのがうまいなど、気付きもしませんでした」

そうか、しかし残念なことに、わたしはそこまで酒のみではないのだがな。

とはいえ、冷たいビールくらいは飲む。むしろ、好物だ。

だからこそ、最初はこの世界にビールがあるとは思わず、風呂上がりの「キューッ」がない事に落胆《らくたん》していたのだ。ところが、実は、この世界にもビールとほとんど同じエールという物が存在していて、その事実を知ったときは、正直驚《おどろ》いた。

そして、それをぬるいまま飲んでいることにさらに驚いた。

冷蔵庫でキンキンにというわけにはいかないが、井戸につけておけばそれなりに冷えるというのに、だ。

と、棟梁デリュートさんはぐびぐびと喉《のど》を鳴らしてエールを飲み干すと、ぷっはーと息を吐《は》き出して続けた。

「いやぁ、しかも、族長様の魔法のおかげで、頭が痛くなるほどキンキンに冷えておりましてな！」

「なぬっ？」

わたしは族長オーヘンデックを見る。

さっき、なんか言ってなかったか？　このエルフ。

「い、い、い、いや、その、ハンター様の教えに従って冷たいエールを頂いたところ、その、これは徹底的《てっていてき》に冷やした方が、その、おいしいと、えっと、あの……」

族長オーヘンデックは言いにくそうにそう言うと、全てを暴露《ばくろ》した。

「入れるだけでエールをきんきんに冷やす樽を、その、作りました、はい」

なにが「魔法に依存した生活しか営めなくなるのはこまる」だ、一瞬《いっしゅん》でも尊敬して損したわ、この飲んだくれめ。

でもまぁ、一理ある。いや、一理どころか全面的に賛成だ。

「うむ、まぁいい、確かにエールはキンキンに冷えた方がうまい。あとで繭玉山荘《さんそう》にも同じものを作っておいてくれ、と……そうだ、よし、この銭湯、『稲荷湯』のオープン記念に乾杯《かんぱい》といこうか」

これには、繭玉さんも族長オーヘンデックも棟梁デリュートさんも諸手《もろて》を挙げて大賛成だ。

「ええな、やっぱり風呂上りは冷えたビールや」

見た目は子供だが、繭玉さんもいける口だ。

「ですね、待ってましたと言うべきです」

族長オーヘンデックは言うまでもない。

「わかりました、私が人数分持ってまいりましょう」

棟梁デリュートさんは、いそいそと酒を調達《ちょうたつ》しに行く。

と、冷たいエールに盛《も》り上がる大人たちを見て、たったひとり寂《さび》しそうなリリウムがボソッと呟《つぶや》いた。

「あのー、私は飲めないんですけど……」

ぶっちゃけた話、リリウムは今年で何と六十七歳。しかし残念ながらエルフにとって成人とは百歳を超える事であって、しかもエルフの世界にも未成年の飲酒を禁じる決まりがある。

「ああ、そうだなリリウム、冷たい水なら飲み放題だぞ」

「ええ、そんなぁ」

フフフ、さすがに可哀《かわい》そうだ。

「お前の好きなデーシュルのジュース、あれも置いておくように言ってある。お前はそれを飲めばいい」

「ほんとですか！」

デーシュルはエルフの森の特産で、サクランボのような味のする果実だ。

「ああ、デーシュルもキンキンに冷えているぞ、リリウム」

今度は何も悪びれることなく、族長オーヘンデックは妹リリウムにそう告げた。どうせ最初からリリウムの為《ため》に冷やしておいたのだろう。たく、ほんとにこの姉は妹に対して過保護すぎる。

「ありがとうございます姉様！　棟梁さん！　わたしにジュースも！」

ま、喜んでいるからいいか。

「なぁ族長オーヘンデック」

「なんですか、ハンター様」

「この冷たい飲み物という考え方も、最初の内はこの銭湯の売りになるな」

こればかりは広まれば専売というわけにはいかないが、スタートダッシュにはいい材料だ。

「ええ、そのつもりです」

なるほど、想定内か。

「さああ、皆々様《みなみなさま》、冷たいエールとジュースですぞ！」

陽気な掛《か》け声《ごえ》とともに、棟梁デリュートさんはビヤガーデンで働いていたのかと思うほど器用に人数分のコップを持って戻ってきた。そして、そのまま全員にそれを配る。

木製のコップが汗《あせ》をかくほどにキンキンだ。

自然と、口の中に、この冷たいエールを迎えるべく唾《つば》が湧き上がる。

ううむ、これは、確かに、族長オーヘンデックのお手柄《てがら》だな。

「よし、では、乾杯といこう」

わたしの掛け声で、それぞれがグラスを持ち上げる。

「それでは、エルフの銭湯『稲荷湯』の完成を祝して！」

繭玉さんが誇らしげに微笑《ほほえ》んでいる。

リリウムはすでにジュースに目が釘付《くぎづ》けだ。

族長オーヘンデックは舌なめずりをしている。

棟梁デリュートさんは……もうすでに酔《よ》っている。

うむ、いい仲間だ、酒を飲むには最高だ。

「かんぱーい！」

声と同時に、稲荷湯の休憩室に歓声《かんせい》が響く。

冷たいエールの喉をキュッと引き締《し》める快感を味わいながら、わたしは、すべてがうまく行くように感じていた。

効能その七　暇人《ひまじん》のボヤキと呪われた血の湯

「ご主人様ぁ、暇《ひま》ですよぉ」

繭玉山荘《まゆだまさんそう》の縁側《えんがわ》、なんと足湯の付いたこの極楽《ごくらく》な縁側で、リリウムは団扇《うちわ》でわたしを扇《あお》ぎながらあくびと共にゆるゆるの一言を吐き出した。

「うるさい、のんびりしろと言っただろ」

「ええ、暇ですよぉ」

ううむ、この超天然《ちょうてんねん》エルフにのんびりとか安穏《あんのん》という概念《がいねん》を教え込むのは相当骨が折れそうだ。まぁ暇であることは否定しないのではあるが、ね。

とはいえ、することがないのだ、仕方ない。

あの一大事業、銭湯『稲荷湯《いなりゆ》』が開業して二か月。石鹸《せっけん》に浴衣《ゆかた》、冷たい飲み物の効果も相まって、いまや稲荷湯はエルフの郷の一大テーマパークと化している。棟梁デリュートさんの言った通り、長きにわたる呪いの伝説も、温泉の与《あた》える快楽の前では効果なしだったようだ。

そしてこういうものは、順調に回りだした途端、責任者や発案者はやることがなくなるのも事実。あとは現場レベルの仕事しかないのだ。

むしろ、口を出さない方がいいくらいで。

次の仕事の指示も、もう出してある。

やることは、ない。

「でも、藺玉様ってほんとにすごいですね」

足湯から足を抜《ぬ》き、濡《ぬ》れた長い脚をぴんと前に伸《の》ばしながらリリウムは感慨深《かんがいぶか》げにそう言った。足湯に入るために藺玉さんが開発したミニ浴衣を着ているせいか、太ももまであらわになったリリウムの足はなかなかにセクシーだ。

「なにがだ？」

「だって、浴衣作りに専念するっておっしゃってらしたから、私はデザインを頑張るのかと思ったら、布の作成から染めに至るまで全部ご指導なさって、しかも、今度は虫から糸をとって来ようだなんて言うんですよ」

たしかに、今ここに藺玉さんがいないのはそういった理由なのだ。

「なぁ主さん、やっぱここは生糸《きいと》の生産に乗り出すべきや思うねん」

やたらと浴衣制作にこだわったうえ、リリウムの言う通りえらくその道に精通しているので、わたしも不思議に思っていたのだが、先日同じくこの場所で熱っぽくこう言いだした時にすべて理解した。

そうなのだ、繭玉さんは生糸の豊作を祝う、その名の通り繭玉の付喪神《つくもがみ》。服飾《ふくしょく》に詳《くわ》しくて当たり前。むしろ、専門家だ。

で、今はエルフの森に分け入って、生糸になる繭《まゆ》を紡《つむ》ぐ虫を獲《と》りに行っているというわけなのだ。

繭玉さんいわく「こんだけ立派な森に、御蚕様《おかいこさま》に似た虫がおらへんはずないわ」だそうで、朝から手弁当をこさえて意気揚々《いきようよう》と森に分け入っていったのだが、言うまでもなくわたしは留守番。

最初はついていくのも面白《おもしろ》いかなと思っていたのだが、どうやら目的地の森には、ゴブリンだのオーガだの人語を解さない、とてものことお友達になれそうもない生き物が出現するらしく、わたしは丁重《ていちょう》に辞退した。

わたしの目的は温泉なのだ、異世界に来た人間がみんな冒険《ぼうけん》したがると思うなよ、だ。

「私もいきたかったなぁ、虫探し」

というわけで、せっかく巡《めぐ》ってきた久しぶりの体育会系イベントをキャンセルされたリリウムは、こうやってふてくされながら縁側に座《すわ》っているというわけだ。

「別に行ってもいいと言ったではないか」

「それはできません、私はご主人様の側女《そばめ》なのですから」

こういう所は妙に義理堅《ぎりがた》い。石鹸の件もそうだが、このリリウムというやつは、仕事を与えてやるとそれはもうこちらが若干《じゃっかん》引くくらいにそれを忠実にこなす。現代社会においては、残業をしすぎて上司に怒《おこ》られるタイプだ。

ま、それもまた、この娘《むすめ》の良い所なのだが……。

「ああ、暇だなぁ」

と、無為《むい》の時間を与えられると途端にこうなってしまうのもまた、ワーカホリックの現代人臭《くさ》くて、いただけない。

異世界人とは思えない。

「暇なら暇でよいのだ。それにリリウム、お前はこの間まで休みたいとこぼしていたじゃないか」

「は、はい。でも、働いている時は休みたいのに、休んでいるとだんだん暇になるんですよね、なぜか」

なぜかじゃねぇよ。この社畜《しゃちく》体質が。

「待機も仕事だリリウム。わたしも本当はエルフ領内の温泉を探しに行きたいところなのだが、何かトラブルがあったときにわたしがいないでは話にならないから、こうして我慢《がまん》しているのだ」

「ですよねぇ、せめて小ヒュデインがみんなで入れるようなおっきい温泉だったら、仕事も増えそうなのになぁ」

仕事がないのがそんなにつらいかリリウム。筋金入りの社蓄根性《こんじょう》だな……って、おい！

「リリウム！」

わたしはリリウムの襟首《えりくび》をつかんで、そのとぼけた顔めがけて叫《さけ》んだ。

「は、はいぃぃぃ」

「お、お前！　今なんて言った！」

「お、お仕事が増えそうだな……って……」

「その前！」

「しょ、小ヒュデインがもっとおっき……かったら……」

この娘は、なんでそんな大事なことを黙《だま》っていたのだ！

「まだあるのか!?　温泉が！」

「ええ、なんで……いまさら……」

そのリアクションはおかしいだろ！

と、いら立ち紛《まぎ》れに叫ぼうとした時、リリウムは心底納得《なっとく》できる言葉を、締め上げられたまま苦しそうにはいた。

「だ……大ヒュデインとち、中……ヒュデインが……あるんだか……ら……」

あ、たしかに。

わたしはそっとリリウムの襟《えり》を離《はな》し、丁寧《ていねい》に、それでいて優《やさ》しく襟元《えりもと》を直してあげた。

それはそうだ、大ヒュデインと中ヒュデインがあるのに小ヒュデインがないと思う方がおかしい。むしろ初めにそう言われた時に、小ヒュデインに想《おも》いを至らせていなかったわたしの落ち度であるとさえいえる。

リリウムには申し訳ない事をした。

「すまなかった、言われてみればたしかにその通りだった」

なぜそれに気が付かなかったのか。温泉ハンター失格とでもいうべき自分の愚《おろ》かさ加減に辟易《へきえき》としながら、リリウムを見ると、今度はなぜか必要以上にもじもじしながら顔を赤らめている。

「どうしたリリウム」

「い、いえ、ご主人様はその、乱暴なのがお好きなのかな……って……」

どつきたい、ああどつきたいどつきたい。

一瞬でもこの能天気エルフに申し訳ないと思った自分も併《あわ》せてどつきたい。

が、そんなことより！

「よし、リリウム準備しろ！　小ヒュデインとやらに今から行くぞ！」

「え、い、今からですか！」

「あたりまえだ！」

まだ見ぬ未知の温泉が待っているのだ！このわたしを、湯《ゆ》川《かわ》好蔵《こうぞう》を、またの名を温泉饅《おんせんまん》頭《じゅう》3世《せい》を、人呼んで孤高《ここう》の温泉ハンターを！

と、突然《とつぜん》背後から声がした。

「それは許可できません」

振り返ると、そこには族長オーヘンデックが立っていた。

「許可できない？　それはどういう事だ……いや、それ以前にどうやって入ってきた？」

ここは道の真ん中じゃない、一応わたしの自宅の中だ。

「え？　どうやってって、ここまでずっと開けっ放しでしたよ？」

なにを？

「リリウム、お前戸締《とじま》りはしなかったのか？」

「戸締り？　何ですかそれは」

おうふ、エルフの郷、治安よすぎだろ。てか、開いてるからって勝手に入ってくるんじゃないよ、田舎《いなか》のおばあちゃんか。

いやいや、だからそんな場合ではない！

「なんで許可できない、族長オーヘンデック！」

何人たりとも、わたしの温泉探索《たんさく》の邪魔《じゃま》はできないのだ。

「あのヒュデインは他のヒュデインとは格が違《ちが》うのです。確かに、ここ数日でヒュデインというだけで呪《のろ》われているわけではなく、温泉という物への理解もできてきました。とはいえ、あれは別なのです、あれは……」

族長オーヘンデックは表情を曇《くも》らせて言いよどむ。

と、ここまでくると、温泉かどうかの垣根《かきね》を超えて普通に好奇心《こうきしん》が湧《わ》いてくる。百戦錬磨《ひゃくせんれんま》のエルフの族長オーヘンデックを、ここまで恐怖《きょうふ》に縛《しば》るヒュデインとは、いったいどれほどまでに恐《おそ》ろしいヒュデインなのか……。

「あれは、なんだというのだ」

「あのヒュデインは、血液の湧くヒュデインなのです」

「なに？」

「間違《まちが》いありません。赤く滾《たぎ》った血液がとうとうと湧き出し、それを裏付けるように、あのヒュデインから湧きだした湯の通り道にはおびただしい血痕《けっこん》の様な物がいつまでも消えずに残っています、私はこの目で見たのです」

「そうか……それはすさまじいな……」

「はい！」

「よし行こう、今すぐ行こう」

「はい？」

わたしはそう言うと、いそいそと足湯から上がり玄関《げんかん》へ向かった。

「リリウム、手ぬぐいの準備だ」

「へぇ？？」

何を馬鹿げた声を上げているのだリリウム。族長オーヘンデックの説明からすると、それは紛れもない名湯だぞ。

血のような赤い色で、湯の通り道に血痕の様な物が残るって、もうアレしかない！　しかも血液に見まごうほどに赤いという事になれば、これはもうかなり期待できる。

「ちょ、ちょっとハンター様」

族長オーヘンデックが慌《あわ》てふためきながらも真顔で止める。

「いや、怖《こわ》いならリリウムと二人でいくからいいぞ」

「えええええ、やですよおおおお」

なんという事を言うのだ。

お前さっき、わたしの側女だからわたしと一緒《いっしょ》にいなきゃいけない。とか言ってなかったか？　前言撤回《てっかい》が早すぎるぞ。

ま、リリウムを連れて行くなんて言うのは、そう言えば絶対に族長オーヘンデックがついてくるだろう、という目論見《もくろみ》なのだがね。この過保護姉が、そんな風に別格に呪われたヒュデインに妹だけを行かせるはずがないではないか。

と、思惑《おもわく》通り族長オーヘンデックが口を開いた。

「わ、わかりました、行きます、行きますからお待ちください」

ほら釣《つ》れた、過保護姉。

「軍勢を率いてまいりますのでしばしお待ち……」

釣れ過《す》ぎだ。ばかもん。

「やめなさい」

なんで軍勢を率いる必要があるんだ。

「し、しかし、もしリ……ハンター様に何かあったら、私は……」

族長オーヘンデックよ、今少し本音が出かかったな。ま、いい。

「案ずるな族長オーヘンデック、わたしにはそのような温泉に心当たりがあるのだ」

「な、なんと、血の湧きだす温泉があるのですか?」

血じゃないけどな、まぁ、よい。

「うむ、まぁ詳しくは着いてから話すとして」

わたしは、そっと逃《に》げ出そうとしていたリリウムの浴衣の後ろ襟をむんずとつかんで掛け声を上げた。

「とりあえず出発だ!!」

「えええええ、やめましょぉおよぉおおお」

リリウムの叫び声が響《ひび》く中、わたしの胸の鼓動《こどう》はまだ見ぬ温泉に高鳴っていた。


「ふふふふ、はははは、これは、これは素晴《すば》らしいぞリリウム!」

「うひひひひ、ですねご主人様、これは、最高ですね。うひょひょひょひょひょひょ」

泉源を見つけるやいなや、奇跡的《きせきてき》に自然の塩梅《あんばい》でたまった湯につかる二人。

そんな二人を見つめながら、穴の淵《ふち》で全裸《ぜんら》のままで怯《おび》える族長オーヘンデックは、湯の表面に足先をちょんちょんとつけながら震《ふる》える声で尋《たず》ねた。

「だ……大丈夫《だいじょうぶ》なのですかハンター様もリリウムも……」

「大丈夫もなにも、なぁリリウム、これは最高だな」

「はい！　姉さまも早く入ればいいのです」

「し、しかし、この色と言い、何となく漂《ただよ》う香りと言い、これは血ではないのですか？」

確かに、この湯は血に見えなくもない。見えなくもないが、この温泉の良い所はまさにそこなのだ。

「違うぞ族長オーヘンデック、これは鉄だ」

「鉄……ですか、あの金属の？」

「ああ、そうだ」

この場所にくるもう一キロほど手前から、わたしはこの温泉の素性《すじょう》の八割をこの嗅覚《きゅうかく》で解明できていた。そして、来て見て入って確信する。間違いなくこれは鉄泉《てっせん》。

炭酸水素塩泉を基調にする含鉄泉《がんてつせん》だ。

しかも泉源が、わたしたちの浸《つ》かる自然の浴槽《よくそう》のすぐそばにある十メートルほどの崖《がけ》の上にあるらしく、ちょうどよい温度のお湯が幅《はば》二メートルほどの滝《たき》となって落ちてくるという絵にかいたようなロケーション。

そう実は、この浴槽は小さな滝つぼなのだ。サイズ的には三、四人入れば満員といった具合だが、それでも何の文句もない。含鉄泉は空気に触《ふ》れないとこの赤に近い茶褐色《ちゃかっしょく》の発色をしないのだが、滝となって下ってきたおかげでまさに血液と見まごうほどに赤く染まっている。

それ以前に、滝湯《たきゆ》だぞ滝湯！　文句などあろうはずがないではないか。

「まぁ入れば分かるさ族長オーヘンデック、実際に触れれば血でないことも分かるはず」

「ですよ姉さま、これは血じゃないです。怖くないです。戦いの疲《つか》れも一気に飛んで行ってしまいそうです！」

そう、わたしが温泉の匂《にお》いに憑《つ》かれるようにしてここに直進していたそのさなか、族長オーヘンデックとリリウムは襲《おそ》い来る魔物《まもの》と目くるめく戦闘《せんとう》を繰《く》り広《ひろ》げてきていたのだ。

族長オーヘンデックの翡翠《ひすい》を削《けず》り出して魔法を込めたナイフのような魔剣《まけん》が光の尾《お》を引いて弧《こ》を描《えが》き、リリウムの魔法が暗い森の空気を切り裂《さ》く……といった感じの一大スペクタクルが展開されていたようだが、少なくともわたしには興味がない。

聞けばオーガを二十四匹《ぴき》、ゴブリンを四十匹ほど屠《ほふ》ってきたらしい。

おかげで、この温泉についたころには族長オーヘンデックとリリウムは疲労困憊《ひろうこんぱい》の様子で、リリウムなどは、あれほど怖がっていた数時間前の自分を気持ちよく裏切って、わたしの許可が出るや否《いな》や脱《ぬ》ぎ捨てるように全裸になると滝つぼに飛び込んだほどだ。

さすがわたしの側女《そばめ》、温泉の疲労《ひろう》回復効果を身をもって熟知している。

「で、では、失礼して」

族長オーヘンデックが、その整った顔を恐怖に歪《ゆが》めて恐る恐る湯につかる。そう、その様子は、あの、箱の中身は何でしょねゲームをしている時の芸人さんの顔だ。

恐怖に歪む美人の顔。

うむ、これはこれで、よいな。

「どうだ族長オーヘンデック、血液ではなかろう？」

何とか肩《かた》まで浸かった族長オーヘンデックが、まじまじと湯を掬《すく》い上げて眺《なが》めているのを見て、わたしはそう話しかける。

「は、はい、これは、血ではありません、ありませんが、それにしてもよく似た匂いがするものですね」

「まぁ血液にも鉄は含《ふく》まれているし、理屈《りくつ》的には血の赤とこの湯の赤に大して違いはないしな」

「そうなのですか？」

そう、ざっくりと大まかにいえばどちらも酸化鉄の赤だ。詳しい説明は面倒《めんどう》だが、とりあえずの説明としては間違ってない。

「そうだ、しかも、この鉄分がまた新たな効能をこの湯に加えているのだ」

「これにも効能が⁉」

「もちろんだ、そのあれだ、なんというか、その、まぁ、女の人にはいい湯だと言っておこう」

鉄泉の代表的な効能は月経障害の緩和《かんわ》。いわゆる生理不順等の婦人病に聞くとされている温泉なのだ。

棟梁《とうりょう》デリュートさんと飲《の》み交《か》わした際に盛り上がった、いわゆる下品な会話の中で、子づくりに関するシステムは有言十支族の全てでヒューマンと同じだと知っているから、エルフにも生理があることは知っているのだが。

なんとなく言い辛《づら》いのは、まぁ仕方がない事だ。

「はぁなるほど、それはいいですね」

観念したのか納得がいったのか、緊張《きんちょう》を解いてゆっくりと湯につかり始めた族長オーヘンデックは、わたしの躊躇《ちゅうちょ》を察してか、そうひとことだけ答えて目を閉じた。

さすが大人だな、この辺りは。

「え？　何ですかご主人様？　女の人の何にいいんですか？」

うん、さすが子供だな、この辺りは。

「後で私が教えてあげますよ、リリウム。そうであれば、とりあえずあなたもしっかり浸かっていなさい」

族長オーヘンデックの言葉に「はーい」と納得いかない風情《ふぜい》で答えながら、リリウムは何を思ったか滝の落ちてくるすぐ側まで近づくと、滔々《とうとう》と落ちてくる赤い湯をしげしげと眺めはじめた。

そして、いきなり滝の真下で立ち上がる。

「リ、リリウム、立ち上がってはいけないとハンター様に……」

真顔でリリウムに注意しようとした族長オーヘンデックの言葉を、わたしはスッと手で制した。

「い、いいのですか?」

「うむ、さすがリリウムは勘《かん》が鋭《するど》い。まぁ見ているといい」

そうわたしに言われて、不思議そうな顔でリリウムを見つめる族長オーヘンデックの目の前で、リリウムは身体をもぞもぞと動かすと滝のお湯がちょうど肩から首筋に当たる様に立ち位置を決めると、恍惚《こうこつ》の表情を浮《う》かべて叫んだ。

「これ気持ちいいですよ姉さま!」

そりゃ気持ちよかろう、天然の打たせ湯だ。

「早く、姉さまも早く!」

呼ばれた族長オーヘンデックが、わたしの顔を見て「よいのですか」と遠慮《えんりょ》がちに小声でささやく。

「ああ、行ってきなさい、あれはあれで非常に正しい温泉の楽しみ方だ」

「そうなのですか！　では、さっそく」

許可《きょか》を出した途端《とたん》、お湯をかき分けるようにして足早に滝つぼに向かう族長オーヘンデックの水面に見え隠《かく》れする尻《しり》を見ながら、なんだやりたかったんじゃないか、とわたしは小さくほくそ笑《え》んだ。

「ど、どうです姉さま！」

「こ、これは気持ちがいい！」

滝つぼに二人して並ぶ全裸のエルフを眺めながら、やはり姉妹《しまい》とは似るもんだとしみじみ感動する。

所々のサイズは違うものの、主に胸のサイズは大きく違うものの、顔つきはもちろんのこと、手足の長さや身体つきもそっくりだ。いつもは族長オーヘンデックの大人びた表情のせいでリリウムとあまり似ているようには見えないのだが、こうして滝に打たれて無邪《むじゃ》気《き》にはしゃいでる姿は双子《ふたご》と見まがうほどである。

あと、なんで滝に打たれると人は胸の前で手を合わせるんだろうな。

などと考えながら、わたしは、この世界に来て出会った温泉について思いを馳《は》せる。

エルフの郷《さと》にある温泉の不思議について、だ。

最初に見つけた中ヒュデインこと繭玉の湯、あれは硫黄《いおう》を含んだ炭酸水素塩泉。稲荷湯の湯元である大ヒュデインはフミン酸を含む炭酸水素塩泉、いわゆるモール泉。そしてこの小ヒュデインは含鉄泉。たぶん、これも炭酸水素塩泉を基調にしたものだ。

泉質に関しては、わたしの嗅覚と見た目、湯触《ゆざわ》りなどから推測したに過ぎないが、ほぼ間違いはないだろう。

となれば、どれも、なかなかに珍《めずら》しい湯だ。

しかし一番はこの温度。源泉の温度がゆうに八十度を越《こ》えようかというほどのこの高温具合だ。実際に入浴する温泉溜《だ》まりの部分は温度もまちまちなのだが、少なくとも大中のヒュデインは源泉で確認《かくにん》したし、この小ヒュデインもあの滝を経てこの温度だ、源泉の温度が低いはずがない。

で、高温の湯となれば、火山性の温泉が浮かぶ。

しかし、族長オーヘンデックに聞いてみたところ、この辺りに火山はないらしい。一番近い火山でも、歩いて二週間はかかる竜人《りゅうじん》ドラゴニュートの郷にしかないという事だ。となればここにある全ての温泉は火山性ではないとみて間違いないだろう。いくらなんでも距離的《きょりてき》に遠すぎる。

　となれば非火山性なのだが、それにしては温度が高い。さらに全部が炭酸水素塩泉な事を考えれば、大元の元はおなじ、となれば、相当深くにあると考えられる。

　そうするとたどり着くのは、有馬《ありま》温泉的な成り立ちだ。

　つまり、とんでもなく深い所から数百万年の時間をかけて湧き上がってきた湯だという事になる。もちろん、詳しい調査ができないので正確なところは解らないが、もしそうならば、これは、相当に貴重で有り難《がた》い温泉ということになる。

　わたしは泉質解析《かいせき》キットをもってきていないことを悔《く》やみながらも、悠久《ゆうきゅう》の歴史が紡ぐこの最高級のお宝のありがたみをしみじみと噛《か》み締める。いや、本当に、これは、宝くじ級の幸運だ、と。

　そんな中、滝と戯《たわむ》れていた族長オーヘンデックが、恥《は》ずかしそうにわたしの思考に割って入ってきた。

「あ、あの、ハンター様」

「ん？　なんだ、族長オーヘンデック」

「そ、その、そのような難しいお顔でまじまじと裸《はだか》を見つめられますと、さすがに温泉の中でも恥ずかしいのですが」

言われて、わたしは、自分がエルフの姉妹の裸を凝視《ぎょうし》するような格好になっていることに気付いた。これは相当に恥ずかしい。

とはいえ、ここで即座《そくざ》に視線を外すようなことをすれば、逆に怪《あや》しい。

なにか適当な事を言って、平静を装《よそお》わねば。

「……う、うむ、えっと、なんだ、そうだ、ふ、二人とも美しいな、と思ってな」

うん、視線を逸《そ》らすよりも怪しくなった。

しかも全然平静を装えなかった。

「そそそ、そうですかその、えっと、おほめにあずかりまして光栄ですぅ！」

わたしの失敗発言につられてか、同じく平静を装おうとして見事に失敗した族長オーヘンデックは、滝の直下にいることも忘れて勢いよくその場にしゃがみ込んだ。

となれば当然、滝つぼで暴れるお湯が族長オーヘンデックの顔を襲う。

「ごぼぼぼぼぼぼぼ……ぐはぁっ！」

ま、そうなるわな。

「何やってるんですか姉さま？」

そんな族長オーヘンデックを、リリウムは不思議そうに眺めて、憐《あわ》れむように言った。

「ごっ、がはっ、ぐへっ、な、何でもないのです、リリウム」

むせかえりながらそうとりなして、たいして大きくもない滝つぼから命からがらの様子で抜け出した族長オーヘンデックは、肩で息をしながら温泉の淵に座る。そして、何もなかったかのような顔をして髪《かみ》を整えながら、誰《だれ》に言うでもなくつぶやいた。

「お、温泉とは、その、奥深《おくぶか》いものですねー」

妹の手前、失いかけた威厳《いげん》を必死で取り戻《もど》そうとしている族長オーヘンデックの必死な姿に、たまらず笑みが漏《も》れる。

「ふははは、そうだな、温泉はいいものだ」

うむ、まぁ難しいことは正確にはわからんし、この際どうでもいい。

ただ、間違いなく言えるのは、エルフの温泉は相当に珍しくて心地《ここち》よく、また、愉快《ゆかい》だという事だ。

かけがえのない、素晴らしい温泉だという事だ。

とりあえず、今は、それでいい。

効能その八　わたしの迷いと繭玉《まゆだま》さんの笑顔《えがお》

「なるほどなぁ、確かにこれは呪われてるっぽいわぁ」

「まぁ、確かに温泉自体が呪われているという概念があったら、ここは怖かろうな」

「せやな」

そんな会話を交わしているわたしと繭玉さんは今、例の含鉄泉にやってきている。

「あたらしい温泉やて？　何でうちが帰ってくるまで待っててくれんかってん！」

三日前、わたしがエルフの姉妹とこの温泉を発見したことを繭玉さんに伝えた時の返事が、今の返事である。それはもう、耳も尻尾《しっぽ》も毛を逆立てて、ちょっと半泣き入ってますよ、な感じでお怒《いか》りになったのだ。

繭玉さんも、もう立派な温泉ハンターだな。

「二、三日は繭を煮《に》たりせなあかんから忙《いそが》しいけど、暇になったら絶対に二人だけでいくねんで！」

申し訳なさそうにうなだれるエルフの姉妹の前で、繭玉さんは死刑《しけい》宣告をする裁判官のようにそう言った。まぁ、温泉への誘《さそ》いはめったに断らないわたしではあるが、もしこの誘いを断ろうものならどうなってしまうのか考えるだに恐ろしく、こうして二人きりでここに来ているといった次第《しだい》だ。

噂《うわさ》には聞いていたが、女というモノはめんどくさいものであるな。

「しかし、ここもええ温泉やなぁ主さん」

三日経《た》って怒りも和《やわ》らぎ、しかも繭玉さんの懸案《けんあん》であった生糸の生産が順調なのも手伝って、案外ご機嫌《きげん》な繭玉さんは、相変わらずわたしの股《また》の間に収まってこの含鉄泉を満喫《まんきつ》中である。

「ああ、エルフの温泉はどれも極上《ごくじょう》の温泉ばかりだ」

「確かに、うちもいろいろ行った事はあんねんけど、何の変哲《へんてつ》もない温泉ってのがここには一つもないな」

ほぉ、繭玉さんは温泉経験者だったたか。

「どこに行った事がある？」

「せやな、有馬《ありま》にはよう行ってたで、たいがい一人、いや、実際、一人でしか行った事ないけどな」

「お使い姫《ひめ》業界では、温泉は流行《はや》ってないのか？」

「業界て。まぁ、でも、お使い姫はほとんどが獣《けもの》の化身《けしん》やしな。あんまり風呂《ふろ》自体好きやないはずや」

なるほど妙《みょう》に納得のいく答えだ。しかし有馬とはいい温泉に行くな。

「せや、主さん、ここの名物に炭酸せんべいとかええんちゃう？」

有馬温泉の名物、か。

「まぁ悪くはないが、ここに炭酸泉は無かろう」

あれは有馬温泉独特の炭酸泉のお湯（水）を使って作るから、炭酸せんべいなのだ。いかに今は使ってないとはいえ、まったく炭酸泉のない所で炭酸せんべいを作るのは、さすがに詐欺《さぎ》だ。

「そか、でも、なんやたべもんの名物はいるやろ」

「うむ、それは確かにわたしも考えていたのだが、これがわたしはその分野にはとんと疎《うと》くてなあ」

温泉の食べ物として思いつくものは、いくつかあることはある。それこそせんべいや饅頭のような和菓子《わがし》から、温泉卵《たまご》のような温泉の熱を利用したもの、そしてその温泉地の名物や名産。

さらには最近はどこに行っても温泉プリンというのがある。

はじめは別府の明礬《みょうばん》温泉で地熱を利用して蒸《む》し上げたプリンから始まったそうだが、近《ちか》頃《ごろ》は温泉とは全く無関係の普通《ふつう》のプリンが主流だ。プリンは好きだし温泉プリンに美味《うま》いモノもある。しかし、別にプリンが名物というわけでも卵が名産というわけでもない土地で、温泉地だからプリンというのは、いささか安直すぎていただけない。

せっかくのエルフの温泉街だ、できればそういうモノは避《さ》けたい。

「やっぱり温泉とかかわりあるもんがええんやろか？」

「それに越したことはないが、地域の特色を生かした名産というのが主流だな」

「そういうの、なんかエルフの郷にもあるん？」

「特色のあるものなら、きのこくらいらしい。試《ため》しに乾燥《かんそう》きのこを作らせて出汁《だし》の素を作ることを提案してあるんだがな」

それを聞いて、繭玉さんはわたしに寄りかかったまま「うーん」と唸《うな》るとひとこと「パンチ薄《うす》いな」と一蹴《いっしゅう》した。

別に負《ま》け惜《お》しみを言うわけではないが、わたしも若干インパクトに欠ける思いはあったのだ。一応、族長オーヘンデックにもその話をしたことがあるのだが、社交辞令として賛同はしてくれたものの、目の奥《おく》に何の輝《かがや》きも見られなかったところを見ると、どうやら諸《もろ》手《て》を上げてというわけではなさそうだった。

「うむ、確かにな、インパクトがない」

食べ物以外は、何とかなりそうなのだ。

白百合《しらゆり》石鹸《せっけん》に藺玉さんの浴衣《ゆかた》、しかも生糸がないこの世界で絹の服がもし作れればそれは莫大《ばくだい》な利を生むことは間違いない。他にもエルフの伝統的な織物や木工細工もかなりのレベルでそろっている。

あとは食べ物だ。

わたしの様に「温泉さえあれば何もいらない！」という非常に正常な感覚を持った変人以外は温泉とグルメはセットで認識《にんしき》されている。ぜひとも何か欲《ほ》しいのだが……。

「ふっふっふ」

悩《なや》むわたしの股の間で、藺玉さんはそう不敵に笑うと、くるっと身体の向きを変えた。

そしてそのままわたしの太ももの上に正座する。

よくよく考えればかなり微妙《びみょう》な体勢だが、慣れというモノは恐ろしい。

それよりも今は、藺玉さんの意味ありげなドヤ顔の方が気になる。

「なんだ、何か隠し玉でもあるのか？」

わたしの言葉に、藺玉さんは「さっすが主さんやな」と嬉《うれ》しそうに言ってつづけた。

「こないだうち御蚕様《おかいこさま》に似た虫を探しに森に入っていったやろ？」

「ああ、そうだったな」

「そこでな、二つほどとんでもない宝を見つけてきてん」

「な、温泉か⁉」

わたしがそう声を上げると、繭玉さんは大げさにため息をつき「温泉名物がたりひん話してんのに温泉増やしてどないすんねん」と心底残念そうにつぶやいた。

ま、まぁ確かに、繭玉さんの言う通りではあるな。

「見つけたんは、食材や」

「食材？」

「せや、族長さんに聞いたらな、エルフどころかこれを口にする種族はいませんってえろう驚《おどろ》いてはってな」

ほほぉ、もしそれが本当なら、売りとしては十分だ。

「それは何だ？」

「一つはな、山芋《やまいも》や」

山芋……か、なるほど！

山芋は、滋養強壮《じようきようそう》によく味も抜群《ばつぐん》。確かに、それはかなり魅力的《みりよくてき》な商品になりうる。

あ、でも、醤油《しようゆ》のないこの世界で山芋をどうやって食すかはかなり難しい気がするぞ。

それにだ、あの粘《ねば》つく触感《しょっかん》は初見ではかなり厳しい気が……。ううん、一見よさそうだが、これは難問だな。

いや、まて、そうだ、山芋と言えば温泉饅頭《おんせんまんじゆう》ができるではないか！

山芋を使った饅頭は、和菓子の世界でも上用饅頭と言って上品で軽い口当たりが受けている最高のモノ。いやはや、自ら温泉饅頭３世《せい》を名乗っておきながら温泉饅頭を忘れていたとは……て、だめだ、まずい、温泉饅頭がなんかまるっとしたホカホカのアレだと知られるのはなんかいやだ。

うん、やめておこう。微妙に恥ずい。

「う、うむ、悪くはない……くらいだな」

あまり乗り気でないわたしの返事に、蒴玉さんはてっきり意気消沈《いきしょうちん》するのかと思ったのだが、それどころかさらにドヤ顔を強めて続けた。

「なんや、歯切れ悪いなぁ。でも、うちもそう思う。ただ、こんなんはただの前座や」

「前座？」

「せや、うちが見つけたもう一つの奴《やつ》は、下手したら、この世界を変えるかも知れへんもんやで」

何？　世界を変えるほどの発見だと⁉

「温泉か!!」

「しまいにゃどつくで」

「すまん、で、なんだ」

わたしのお茶目《ちゃめ》なボケに、やや暴力的なツッコミを一つくれると「ほんま主さんはしょうのないお人や」と苦笑《くしょう》して、繭玉さんはその世紀の大発見の名を告げた。

「それはな……茶や」

「茶? 茶ってあの、茶か?」

「せや、お茶っ葉や」

おいおいおい、これは確かに繭玉さんの言う通り世界を変える発見だぞ。

この世界に来て、エルフが得意とする数々のハーブティーや煎《せん》じ薬《ぐすり》に近いような薬湯は飲んだ。しかし、お茶、いわゆる緑茶やウーロン茶、紅茶といったあのお茶製品はこの世界には存在しない。

おかげで、ずいぶんと寂《さび》しい思いをしたものだが……まさかないのは製品だけで、茶の木自体はあったとは。

お茶製品がこの世界でも受け入れられることは、想像に難《かた》くない。味覚や趣向《しゅこう》がほとんど変わらないことは、我《わ》が身《み》をもって実証済みなのだ。となれば、元いた世界において単一の植物が世界中で嗜好品《しこうひん》として愛されている稀有《けう》な例であるお茶がこの世界でウケないはずがない。

「繭玉さん、これは、歴史に名が残るぞ」

「うちのか？」

「当たり前だ、とんでもない世紀の大発見だ」

もちろん、これは全くもってわたしの専門分野ではないのだが、もし栽培《さいばい》が可能になれば、西のエルフは財政難どころか一気に大富豪《だいふごう》国にさえなれる。まさに天然自然の打ち出の小づちだ。

しかも、温泉グルメの上でも、飲用は言うまでもなく、例えばスイーツ。発酵《はっこう》させて紅茶にすれば、紅茶シフォンに紅茶クッキー。砕《くだ》いて抹茶《まっちゃ》にして使えば、それこそ和菓子《わがし》洋菓子《がし》何でもござれのバリエーション。食事にしても、茶そばに茶粥《ちゃがゆ》、お茶を使った肉の煮込みなどもうまい。それこそ飲茶《ヤムチャ》にしてしまえば、他のなんでもない料理が華《はな》やぐ。

あとは……だ。

「で、数はどれくらいあった？」

問題はそこだ、一本二本の木があったところで、将来的にはよかろうが温泉街計画の目玉にするには話にならない。

「それがな、驚くなかれ一面茶の森が出来るくらい、見渡《みわた》す限りやで」

それは凄《すご》いな。

族長オーヘンデックはちゃんとその意味を理解しているだろうか？　いや、きっとしてはいないだろう。ちゃんと把握《はあく》できていれば今頃狂喜《いまごろきょうき》のあまり寝込《ねこ》んでいるはずだ。

そうか、では、最後の懸案にもめどがつくのか。

「ふむ、そういう事なら名物の件もうまくいきそうだな」

と、なればだ。

「なんや主さん、嬉しそうな寂しそうな微妙な顔してはるな」

ふ、やはり繭玉さんに隠し事は無理か。

「そうだな、ここを一流の温泉街にする。それがわたしをここに留《とど》めている唯一《ゆいいつ》の理由だからな」

ここに来てすぐ、族長オーヘンデックと交わした約束。わたしをエルフの郷に縛り付けている、重くそして何とも優《やさ》しい足かせだ。しかし、それもじき外れる。

そう、もう、ここにいる理由が、なくなりつつあるのだ。

つい昨日の事だ、棟梁デリュートさんからの報告で、あと数日もすれば立派な商店街と温泉宿がいくつかできると聞いた。あの凄腕《すごうで》の棟梁のことだ、きっと何の問題もなくやり遂《と》げるだろうし出来栄《ば》えになんの心配もない。

銭湯も好評。湯樋《ゆどい》を使った温泉の分配も順調。商店街も温泉宿も、そこで売る土産《みやげ》の算段も、今、ついた。

「繭玉さん、生糸《きいと》の生産はどうだ？」

「せやな、エルフの郷のみんなは手先が器用やし、なんせ真面目《まじめ》やからな、やり方さえ伝えとけばうちがおらんでもできるやろと思うよ」

「そうか、やはり、もうやることはないか」

わたしはそうつぶやいて目を閉じる。繭玉さんもまた、わたしの上で方向転換《てんかん》し、いつもの姿勢になると、わたしの胸に体を預けて目を閉じた。

これから、わたしはどうしたいのだろう。

身体に繭玉さんの重みを感じながら、この先の事を思って逡巡《しゅんじゅん》する。

わたしはわたしが温泉ハンターであることに誇《ほこ》りを持っている。まだ見ぬ温泉を一つでも多く見つけ、そして、温泉を知らない、いや忌避《きひ》しているこの世界の人間に温泉を広めたいという欲求は、衰《おとろ》えるどころか日増しに高まっている。

証拠《しょうこ》に、温泉を知らぬエルフたちに温泉の良さを教える行為《こうい》は楽しかった。

繭玉山荘《さんそう》や銭湯の設計、そして少しづつ出来上がるそれを眺めるのもまた、今までに感じたことの無い充実感《じゅうじつ》をわたしに与《あた》えてくれた。名物を作り出すことも、そしてそれを見つけた喜びも、格別だった。

しかしなにより、このエルフの郷は、その人たちの優しさは。

族長オーヘンデックの温《ぬく》もりは。

リリウムの笑顔は。

わたしにとって温泉のそれのように心地よく、幸せな日々を与えてくれた。

だからこそ、逆に、このままこの温泉のような日々の中で、繭玉さんとリリウム、そして、族長オーヘンデック。そんなエルフの郷の人々とともに、ここの人間になって夢だった温泉付きの一軒家《いっけんや》でのんびりと過ごす。それが、人として当たり前の、最高の幸せのようにも思える。

「なぁ繭玉さ……」

語り掛《か》けたわたしの言葉を遮《さえぎ》るように、繭玉さんが言葉を発した。

「温泉はいいもんやな……主さん」

「あ、ああ、いいものだ」

「うちは主さんに温泉の良さを教えてもろたおかげて、本当に楽しい事がふえてん。ただ温泉に入るだけやない、温泉という場所を楽しむために必要なもん考えたり、そのために入り用なもんそろえたり、ちょっとでも温泉を楽しめるように、楽しんでもらえるように工夫《くふう》して、そしてそれがうまくいったときの喜ぶ人の顔が見れたり……」

藺玉さんはそう言うと、背中を向けたままわたしの頬《ほお》を撫《な》でた。藺玉さんの温泉にぬれた手が、温かく心地よかった。

「きっとエルフのみんな、リリウムも族長さんもおんなじや思うで。温泉を知らへんかった人生と、主さんとでおうて主さんに教えてもろて、温泉を知った後の人生では、そりゃ全くちごてるはずや」

そこまで言うと、藺玉さんは振《ふ》り返り、わたしの顔をその胸に押《お》し付けて抱《だ》きしめた。

きっとそれは、母のように姉のように、抱きしめたまま続けた。

わたしの頭をそっと撫でて、続けた。

「みんな主さんのおかげや、みんなみんな主さんのおかげなんやで。せやからな、あとは主さんが決めてええねん。温泉の喜びを知ったエルフのみんなとここでゆっくり生きて行っても、まだ見ぬ誰かに温泉の喜びを教えて、エルフのみんなみたいにいい顔で温泉に入る人たちを増やしていっても、どっちでもええねん」

そう言うと藺玉さんは、抱きしめていた手を解き、それをわたしの肩に添《そ》えて距離《きょり》を開けると、わたしの顔を覗《のぞ》き込んだ。

満面の笑みで、だ。

すべてを包み込むような、優しい、穏《おだ》やかな笑顔で、だ。

「もちろん、ただ単に新しい温泉を探しに行くんだってかまへんよ。それこそ温泉のこと忘れて生きても、それは主さんには無理やろけど、もし主さんがそれを望むならそれでもええ」

そうだな、それだけは却下《きゃっか》だ。

わたしは苦笑しつつも微笑《ほほえ》んだ、そして藺玉さんは、同じく笑顔でそれを受け止める。

「でもな、たとえ主さんがどんな道を選んでも、うちはついてくで。それは別に、主さんに気いつこうてるんちゃうで、それはな、それがうちの生き方やからや。うちはそうやって生きていくって決めてるからや。だから主さんも、自分が望む生き方を、自分だけの生き方を貫《つらぬ》けばええねん。それにな、うちはな……」

すると藺玉さんは、またしてもくるっと反転し、わたしに背中を向けた。

「あほみたいに自分の好きなことを見つけて、周りも見えんと突《つ》き進《すす》んでる主さん、嫌《きら》いやないで」

そう言うと藺玉さんは「ううんちゃうな」と小さくつぶやき、少し声を張り上げて空に向かって言った。

「うちはそんな主さんが好っきゃで」

そうか、そうだな、ありがとうな、繭玉さん。

「それにゃ、ゆっくりのんびりが温泉道の基本なんちゃうんか？　そんな難しい顔して、寂しそうな顔して温泉に浸かってもええんか？」

繭玉さんの言葉に、なぜか不意に、本当になぜだか、不意に涙《なみだ》があふれた。

そのことを悟《さと》られたくなくて、わたしは温泉の湯をすくって顔を洗う。と、同時に含鉄泉の鉄臭《くさ》い香りがわたしの顔に広がる。温泉の湯が、何かに凝《こ》って固くなっていたわたしの顔にしみこんでゆく。

「弟子《でし》の分際で師匠《ししょう》に温泉道を説くとは、えらくなったもんだな」

「優秀《ゆうしゅう》な弟子はな、師匠を超《こ》えるもんや」

「ふはは、十年早いわ、まだまだ繭玉さんに教えねばならんことは山ほどあるんだ」

そうだ、温泉の種類はまだまだこんなものじゃない。それぞれの温泉にそれぞれの味わいがあって、それぞれに適した入り方があって、そして、それぞれに違《ちが》った歓《よろこ》びがある。

それぞれに、違った笑顔が、きっとある。

「そうか、じゃ、主さんは師匠として、それをうちに教える人生っていうのもええんとちがうか」

ははは、そうだな。

たしかにわたしは、それぞれの温泉でうかべる、藺玉さんの、それぞれで違った笑顔が、見たい。

「いいな、それは楽しそうだ」

「せやろ」

「ああ、まちがいないな」

そう答えてわたしはエルフの郷の澄《す》み切った青空を見つめた。

文明に侵《おか》された元の世界のどこにも存在しないだろう、本当に澄み切った抜《ぬ》けるような青空。そんな空の下でゆっくりと目を閉じれば、どこまでも広く深く、雄大《ゆうだい》な自然の音が感じられる。自分と自然との境界が消えうせ、その雄大な自然と一つになってゆくのを感じる。温泉の湯に溶《と》け込んで、自分の外殻《がいかく》が失われてゆくのを、感じる。

「どや、自然と一つになれてるか？　主さん」

ったく、藺玉さんには本当に隠し事が出来ないな。

「ああ、なれているさ、久しぶりにな」

本当に久しぶりだ。

最近はずっと、様々な懸案を抱《かか》えて重い頭のまま温泉に浸《つ》かっている自分がいた。もちろん、そのどれも胸をときめかせてくれる素敵《すてき》な懸案だったのだが、それでもやはり。

「やはり温泉は、こうやって入るものだな。それが……」

「温泉道の基本だ。やろ？」

「そうだ、よく出来たな、弟子よ」

「うちのお師匠はんは厳しいお方やからなぁ」

藺玉さんのすっとぼけた声に、思わず吹《ふ》き出す。

そして二人で大声をあげて笑った。

「そうだ、藺玉さん、打たせ湯に挑戦《ちょうせん》してみてはどうだ？」

「なんや、その打たせ湯って？」

そうか、そうか、藺玉さんはまだ体験したことがないか。それはいいな。

「その湯の滝《たき》の下に行って、湯の滝に打たれるのだよ」

「なんやその、修験道《しゅげんどう》の修行《しゅぎょう》みたいなもんは？」

さすがに向こうの世界に詳《くわ》しい藺玉さんだ、エルフの姉妹とは反応が違う。

「いいからやってみろ。気持ちいいから」

「ま、まぁ主さんがそう言うなら……」

そう言うと藺玉さんは、そろそろとわたしの股の間から抜け出し滝の真下に向かう。

「ほ、ほんま大丈夫《だいじょうぶ》なんやろな？」

「平気だ」

「そ、そか、ほな……」

意を決して滝に飛び込む繭玉さん。

「あばばばば、こ、これは」

身体をもぞもぞさせながら、ちょうどいい場所を探し、そして、やはり肩《かた》から首のラインに湯を当てると。

「こここ、これは、ここれは、ええええなぁ！」

湯に叩《たた》かれて顔を激しく揺《ゆ》らしながら、それでも繭玉さんは恍惚の表情でそう叫《さけ》んだ。

うん、いい顔だ、最高の笑顔だ。

「なぁ繭玉さん！」

滝に打たれ、きっとその轟音《ごうおん》で聞こえにくくなっているだろう繭玉さんにわたしは大声で呼びかける。

「なんや！　なんや主さん！」

繭玉さんも大声で答える。

「わたしはな！　そうやって楽しそうに嬉しそうに気持ちよさそうに温泉に入る繭玉さん

がな！」

「うちが、うちがどうした⁉」

わたしはニコリと微笑《ほほえ》むと、そこだけ普通の声で言った。

「そんな繭玉さんが大好きだよ」

ああ、大好きだ。心からそう思うよ。

「なんや⁉　聞こえへんかってん‼　も一度言うてや」

そんな台詞《せりふ》、何度も言えるか。

「なぁ繭玉さん‼　温泉はいいものだな‼」

「せ、せやな！　最高や‼」

ああ、最高だ、本当に最高だ。

この世界には、まだまだたくさんの最高が、それこそ想像もつかないような最高がたくさんたくさんわたしを待っているに違いない。

湯川好蔵《ゆかわこうぞう》、人呼んで温泉饅頭3世、またの名を孤高《ここう》の温泉ハンター。

その最高を見ずには死ねない。

その最高を、最高の相棒の、最高の笑顔と共に味わうこともなしに、最高の人生とは言えない。

「それよりさっきなんていってん‼」

「知りたきゃ死ぬまでずっとついて来い‼」

「望むところや！」

ああ、これからもよろしく頼《たの》むよ、藺玉さん。

わたしは、もうすぐ、ここを発《た》つ。

だから藺玉さん、そのあともずっと。

よろしく、頼むよ。

効能その九　温泉旅館と族長の頼み

「いらっしゃいませ、本日は当ニュウニュニュニュ旅館へお越しくださいまして誠《まこと》にありがとうございます、私は女将《おかみ》のウインウインです」

「ウ、ウインウイン？？」

「は、はい、それが何か？」

「い、いや何でもない、それでニュウニュニュニュとは？」

「はい、エルフの古い言葉で天よりも高くそびえる木の社という意味です」

う、うむ。まぁ旅館の名はその世界の人間にわかればいいのだから、それでもいいっちゃいいのだが。

「主さん、繭玉《まゆだま》ってエルフの古語でめっちゃ変な意味やったりせんやろな？」

「うむ、わたしもハンターが変な意味だったらどうしようと、少し恐怖《きょうふ》を感じるよ」

わたしと繭玉さんは、そう言いながら顔を見合わせ、だだっ広い玄関《げんかん》ホールに居並ぶ和服を着たエルフの女将と仲居の前で身震《みぶる》いをした。身震いをしながらも、靴《くつ》を脱《ぬ》いで温泉スリッパに履《は》き替《か》える。

そうわたしは、今、エルフの郷《さと》にオープンした六軒《けん》の温泉旅館の中でも、最高峰《さいこうほう》の格式を誇る『ニュウニュニュニュ旅館』へとやってきている。いや、旅館の名前は今知ったのではあるが、名前とは裏腹に、どこからどう見ても、温泉地の顔になるにふさわしい豪華《ごうか》な旅館だ。

パッと見は純日本建築。しかしながら所々にエルフっぽいエキゾチックなデザインが用いられていて、藺玉山荘《さんそう》から徒歩十五分にもかかわらず、十分な旅情を味わえる。

居並ぶ女将と仲居も、もともと金髪《きんぱつ》のエルフには少し不釣《ふつ》り合いに見える和服を、それでも何とか上品に着こなしていて、むしろそのミスマッチの風情《ふぜい》がまたしても旅情を掻《か》き立ててくれる。

金髪で日本髪《にほんがみ》は不自然。と、感じた藺玉さん発案のポニテのエルフがまた素晴《すば》らしい。

ちなみに、この装いだけでなく、温泉旅館として必須《ひっす》のおもてなしの作法もまた、藺玉さんの指導である。

さすがは由緒《ゆいしょ》正しきお稲荷《いなり》様のお使い姫だ。ただ、

「なぁ主さん、やっぱスリッパやないとあかんかってん?」

「もちろんだ、温泉旅館はスリッパでないといかん」

「せやろか」

そう答えた声色《こわいろ》からも、客がもれなくスリッパに履き替えることをかたくなに拒否《きょひ》し続けた繭玉さんは不服そうだ。しかし、こればかりは譲《ゆず》れない。だいたい、スリッパがあるからこそ、この先卓球台《たっきゅうだい》を設置した時にスリッパ卓球が出来るというもの。

スリッパ卓球、それは温泉旅館に欠かせないものではないか。

そうでなくとも、この廊下《ろうか》をぺちんぺちんと音を立てて歩くのもまた、温泉旅館の味わいの一つだ。

スリッパは、譲れない。

「ではこちらに、お連れ様もお待ちでございます」

と、わたしがわたしの中で熱くスリッパ演説を繰《く》り広《ひろ》げていると、女将がそう言って先に立った。

「おお、族長オーヘンデックとリリウムももう来ているのか」

「はい、すでにお部屋でおくつろぎでございます」

なんとまぁ。気の早い事だ。

「族長さん、昨日からよう眠《ねむ》れんかった言うてたで」

「なに？　族長にあったのか？」

「せや、今朝がた繭玉山荘までリリウムを迎《むか》えに来てはったし」

これから一緒《いっしょ》に旅館に行くというのに、その家まで来て別行動にする意味が分からん。

「なんやサプライズするらしいで」

「わたしたちにか?」

「いんや、リリウムにやゆうてたわ」

余計わからん。リリウムに対してサプライズを仕掛《しか》けるのに、なぜわたしと繭玉さんを置いてリリウムだけ連れ出すのか。

と、いろいろと考えながらよく磨《みが》き抜かれた長い廊下を女将について歩いていくと、その廊下の行き止まり、立派な玄関のしつらえられた一目で特別な部屋だと分かる構えの部屋の前に到着《とうちゃく》した。

そこにはちゃんとした竹の門扉《もんぴ》があり、玄関までのスペースに手水鉢《ちょうずばち》付きのちょっとした坪庭《つぼにわ》まである。

うむ、完璧《かんぺき》だ。

「本日お泊《とま》り頂くのはこちら、トマトの間です」

「と、トマト?·?」

うむ、台無しだ。

「はい、トマトとは古いエルフの……」

「あ、もうそれはいい」

「は、はぁ……では、こちらに」

こうしてわたしと繭玉さんは、屋内にもかかわらず、門扉を開けて飛び石を進み、部屋の扉《とびら》の前に至る。

「失礼いたします、お連れ様がおつきです」

「おお、待っておりました‼」

女将のおとないの声に、返ってきたのは族長オーヘンデックの声だ。

そして、その声とともに扉が引き開けられる。

「女将、もういいですよ。ここからは私が引き受けます」

「そうですか、では私は下がります」

そう言うと女将は、わたしたちに小さく軽く上品な会釈《えしやく》をして、いそいそと玄関の方へ戻《もど》っていった。かわりに族長オーヘンデックがわたしたちを招き入れる。

さぁ、出来はどうだ？

まだ見ぬエルフの温泉宿に、高鳴る胸の鼓動《こどう》がおさえられんな。

「さぁさぁ、ハンター様も繭玉様もどうぞこちらへ」

「おう、どうだ部屋の具合は」

「もう、最高でございます」

一応確認《かくにん》はしてみたものの、上気した族長オーヘンデックの顔で、聞かずともわかるといった感じだ。

そして、一歩部屋に踏《ふ》み入れて、それが旅館自体を知らない異世界人が故《ゆえ》の発言ではないことが一目で確認できた。

「ほぉ……これはこれは」

もちろんデザインしたのはわたしだ、が、銭湯の時と同じく、ここまでの完成度は想像していなかった。

豪奢《ごうしゃ》ながらも落ち着いたデザインのふすまに仕切られた十畳《じょう》の和室。右正面の床《とこ》の間《ま》には掛け軸《じく》と花瓶《かびん》。くつろぎのスペースから見える大きな窓《まど》越《ご》しの景色は落ち着いた日本庭園。中央に、厚い板材で作られ顔がうつるほどにつやつやに磨き上げられた大きなテーブル。そして座椅子《ざいす》とふかふかの座布団《ざぶとん》。

「これはすごいな」

わたしは感嘆《かんたん》の声をあげながら、ずかずかと畳を踏んで部屋に入る。思えば、ずいぶん久しぶりの畳の感触《かんしょく》。わたしは寝ころびたい気持ちを抑《おさ》えて二間を区切るふすまを開け放った。

「うむ、完璧だ」

開け放った先にまた十畳。こちらは寝室《しんしつ》に当たる部屋なだけあって何の飾《かざ》り気《け》もない部屋だが、奥に小さな文机《ふづくえ》が置いてあるあたり、感じがいい。そして何よりこちらには。

わたしが、この部屋のメインともいうべき場所に目をやると、わたしの脇《わき》を抜けて繭玉さんが「ひゃっほーい」と陽気な叫び声をあげながらその場所に向かって走って行った。

そう、その場所とは。

「くうう、これだよこれ。高級温泉旅館と言えば、これがないと話にならん」

そう、それは、部屋付きの露天風呂《ろてんぶろ》だ。

日本庭園と同じ側にあるそれは、くつろぎのスペースからは絶妙《ぜつみょう》に見えないように角度調整されている。つまり、大きな総ヒノキ造りの湯船からその日本庭園を望むことは出来るがくつろぎのスペースからは見えない構造。

そして、当然露天《ろてん》。当然天然温泉。しかも、最高級のこの旅館は、銭湯稲荷湯をのぞけば源泉から一番近い。

当然温めなおしではない。源泉かけ流しだ。

「な、な、主さん、入ろ」

藹玉さんは湯船を眺《なが》めながら尻尾《しっぽ》をパタパタさせている。もちろんその意見に反対する気などさらさらない。

「ああ、もちろんだ、入るぞ！」

すると、族長オーヘンデックが続く。

「おまちください！　お二方が来るまで私はお預けだったのですから、私も入ります！」

うむ、それは大変だったな、心中お察しする。

「よしでは、皆《みな》で入るぞ！」

こうして三人は競《きそ》い合うように服を脱ぎ温泉に突入《とつにゅう》した。もちろん、そのうちだれも温泉に入るという大義の前で全裸《ぜんら》を恥《は》ずかしがるものはいない。それはわたしの思《おも》い描《えが》いた温泉道が、少なくともわたしの周りには完全に浸透《しんとう》しつつあることを意味していた。

うむ、ちゃんと旅立ちの準備は整いつつある。

わたしは何となく物寂《ものさび》しいようなそれでいて格別にうれしい気持ちを抱えたまま身体を洗い、湯船につかった。

『ざばぁぁぁ』

途端《とたん》あふれこぼれる大量のお湯。

「ふううう、これはこれは」

続いて、繭玉さんと族長オーヘンデックも身体を洗ってから湯船に浸かる。

『だばぁぁぁ』

そして、またしてもあふれこぼれるお湯。

「ああああ、生き返るわぁ」

「はぁぁぁ、もう、ほんとに、これは、もう、ほんとに、これは、ですね」

族長オーヘンデックよ、意味が解《わか》らん。が、気持ちはわかるぞ。

「しかし、ハンター様、なんだかこのお湯がダッパーと出て行く様は、格別に贅沢《ぜいたく》な気持ちになりますね」

「うむ、よく気がついたな族長オーヘンデック、それこそが温泉旅館の意義なのだ」

「温泉旅館の意義？」

「そう、場所別温泉の効能と言ってもいいな」

わたしがそう言うと、久々に始まったわたしの温泉道の講義に、繭玉さんも族長オーヘンデックもこちらを見る。ちなみに、さすがにもう言うまでもない事だが、繭玉さんはいそいそとわたしの股《また》の間に収まっているので、こちらに向き直ってわたしの太ももに正座している格好なのではあるが。

そして、はじまる温泉道の講義。

族長オーヘンデックの気真面目な顔に見とれながら温泉道を語るのももうあとわずかだと思うと、何やら少し寂しい気もするが、それでも、伝えるべきことは伝えておきたい。温泉道の道は、甘《あま》くはないのだ。

「場所別の効能、ですか」

わたしの問いに真剣《しんけん》に悩《なや》むオーヘンデック。うむ、よい弟子だ。

「そう場所だ。たとえば、今このエルフの郷には、一般《いっぱん》のエルフが入ることができる、大きく分けて三種類の温泉がある」

これには繭玉さんが続けて答える。

「自然の露天風呂と銭湯と旅館の風呂《ふろ》やな」

「そう、正解だ」

自宅に温泉が引ける環境《かんきょう》、もしくは財力がない限り、一般の日本人にとってもそういうモノだ。

「では族長オーヘンデック、それら三つの中で自然の露天風呂だけが持つ良さとは何だ？そしてその効能とは？」

わたしの質問に、真面目な族長オーヘンデックは腕組《うでぐ》みをして難しい顔をする。のはいいのだが、腕組みをしたせいでその豊満な双丘《そうきゅう》の下に腕《うで》が潜《もぐ》り込んで締《し》め上げて、なんとも素晴らしい景色が生まれた。

うむ、しっかりと愛《め》でたい所だが、温泉でその行為はいかん。が、自然と目が行くのは男の性《さが》だ、許《ゆる》してほしい。

だから繭玉さん、そんなににらむなって。

わたしは族長オーヘンデックの答えを待ちながら、幸せな景色と繭玉さんの視線に苦笑する。

と、族長オーヘンデックは真剣なまなざしでわたしの出した問題に答えた。

うむ、真面目な良い弟子だな。

「天然自然の露天風呂の効能ですか……。そうですね、開放感から来るリラックス効果という所でしょう、きっと森林浴効果というのはあの湯独特の物でしょうから」

おお、いい着眼点だ。間《ま》違《ちが》いではない、が。

「惜《お》しいな、7割と言ったところだ」

そう答えて、悔《くや》しそうな顔を浮《う》かべる族長オーヘンデックから目をそらし、今度は繭玉さんを見る。どうやらわかっているようだ、絵にかいたようなドヤ顔だしな。

「族長さんの言うのに加えてやな、あとは、自然との一体感を楽しめるところやな。そして、源泉の良さをストレートに味わえるのも、利点や」

うむ、さすがは一番弟子、パーフェクトだ。

「さすがだな繭玉さん、その通りだ、付け加える事さえない」

「どや、すごいやろ」

うむ、本当にすごい。

「ではそんな繭玉さんに質問だ、銭湯のいいところは、じゃぁ何だ」

と、繭玉さんは待ってましたとばかりに答える。

「し、しかし、開放感なら自然の露天風呂の方があるのではないですか？」

「そんなもん、あの解放感に決まってるやん」

「あ、そ、そやな、なんでやろ？」

ふふふ、これは少し難しかったかな。

しかし、じつは、両方とも正解なのだ。これは、繭玉さんの持つ、細かいニュアンスまでちゃんと翻訳《ほんやく》する能力の産み出した混乱なのだから。

つまり。

「どっちも正解だ、要は『かいほうかん』のちがいなのだよ」

「どうゆうこっちゃ」

「まず、族長オーヘンデックの言う開放感だが、これは開け放たれたオープンな爽快《そうかい》さのことを言う。これは遮蔽物《しゃへい》の何もない天然自然の温泉に勝るものはない。しかし、だ」

わたしは繭玉さんを見る。

「繭玉さんの言う解放感は解き放たれた快感の事なのだよ。銭湯の持つ解放感とは、裸《はだか》という、ある種完全に無防備な状態を、何の心配もなく、そして異性の目も気にせず、あけすけに解き放つことのできる解放感がもたらすものだ」

人の手の入っていない温泉、これは確かに一見自由だ。しかし、人間の本能というか動物の本能は、やはりどこかで、何の守りもない自然のど真ん中で全裸を晒《さら》す事を怖《こわ》がるものだ。しかも異性を気にしないのが温泉道の第一の基本と言え、それは、気にしちゃうから禁じているというのが正解で、まったく気にならなくなるわけではない。

そこ行くと銭湯は違う。人の手によって壁《かべ》があり、敵に襲《おそ》われる心配も異性の目もそこにはない。

天然自然の温泉とは、その解放感が段違《だんちが》いなのだ。

「なるほどなぁ、たしかに、銭湯の方が何や遠慮《えんりょ》なしにダラーっとできるわ」

「確かにその通りですね。外の温泉の時は、一応周囲に気を配りますし」

お前らほんとに外の温泉の時にそんなに気を張っているのか？　と疑いたくなるようなセリフを女性陣《じょせいじん》二人が口にする。

どう見ても、完全にだらけきっているようにしか見えなかったのだが、な。

まぁいい。

「では最後、旅館の風呂はどうだ？」

と、これには二人がそろって即答《そくとう》した。

「「贅沢感やな（ですね）」」

ははは、さすがにわかるか。

「うむ、その通り。あの広い部屋からだれの目にも触《ふ》れずにはいるこの温泉。入った途端にあふれだす大量の湯。誰《だれ》の為《ため》でもない、この部屋に泊《と》まるお客の為だけに用意されたこの空間」

まさに贅沢の極《きわ》み。

「ええまさにそうですね。もちろんエルフの郷にも他の部族の郷にも宿屋というモノは存在しますが、それはあくまで旅の疲《つか》れを癒《い》やす場所のこと。しかしここは、宿自体が旅の目的になってもいいほどの場所です」

うむ、そうなのだよ族長オーヘンデック。

わたしの元いた世界でも、様々な旅館やホテルというものは無数に存在していた。

しかし、宿自体を旅の目的としているようなものは、日本の温泉旅館以外には一部の高級ホテルを除いてほとんど存在しないと言っていい。しかも、温泉旅館なら別に豪華旅館でなくとも、ひなびた小さな宿なども立派な旅の目的地となり得る。それが温泉旅館というモノだ。

「私の知る限り、王都にもこのような宿はございません。そう思うだけで、なんとも誇らしい」

族長オーヘンデックは恍惚《こうこつ》の表情で湯につかっている。

「それもこれも、皆、ハンター様がこの世界にいらっしゃってくださったからです。ハンター様がいらっしゃらずに、この温泉という資源を呪《のろ》いの湯ヒュデインのまま放置していたらと思えば背筋が寒くなる思いです」

確かに、それはわたしもだよ。こんな最高の温泉が、呪いの湯であったという事だけでも寒気がする。

「私はずっと考えていました、ハンター様がここにいらっしゃった意味を」

意味……か、考えたこともなかったな。

しかし今日の族長オーヘンデックは饒舌《じょうぜつ》だ。

「で、わかったのか？」

わたしの問いに、族長オーヘンデックは少し自嘲《じちょう》気味に顔を横に振り、そして言った。

「いいえ、わかりません。これから先、いつかはわかる時が来るのかもしれませんが、今は、まだ。でも、出会えてよかった、それだけは間違いない。それは私も……そして、リリウムもです」

ん？　リリウム？

突然《とつぜん》話の矛先《ほこさき》が変わり、族長オーヘンデックの顔つきが変わった。

「そう言えばリリウムはどないしてん、族長さん」

「はい、その事ですが……」

族長オーヘンデックは急にわたしの顔を見つめ、そして湯の中からわたしの手を探《さぐ》り当てて握《にぎ》りしめた。

「今日はリリウムの誕生日です」

「お、おう、そ、そりゃめでたい」

突然手をつかまれて、わたしにはそう答えるほかなかった。

「そしてリリウムは、今まで生きてきた中で一番……悩んでいます」

「悩んでいる？」

「はい、リリウムは……」

そう言うと、族長オーヘンデックは瞳《ひとみ》を伏《ふ》せた。

「ハンター様に嫌われているのではないかと思っているのです」

「へぇ？」

あまりの事に変な声が出てしまった。わたしとしては当然、全くそんな気はなかったのだが、何か誤解させるような事でもしたのだろうか？

「ええ、わかっております。ハンター様にそんな気がまるでない事も、リリウムの誤解であることも」

そうか、それはよかった。

「しかし、リリウムは本気で悩んでおります。それは……ハンター様が、リリウムをその……」

族長オーヘンデックの戸惑《とまど》いを含《ふく》んだ口調に「ああ、そゆことな」と、ひとことだけ呟《つぶや》いて、繭玉さんはわたしの股の間を離《はな》れ反対側の縁《ふち》に背中を向けたまま遠ざかった。

が、わたしにはさっぱりだ。

「その、つまり、ハンター様がリリウムを……」

同じ言葉を繰り返し、一呼吸おいて、族長オーヘンデックは絞《しぼ》り出すように言った。

「お抱きにならないから……」

「だ、抱く？」

なんだと、あの、リリウムをか？

「はい、リリウムは側女《そばめ》です。そのつもりで私もリリウムも覚悟《かくご》をしてハンター様に差し出しました。ハンター様にとって、リリウムはいかようにしてもかまわない女なのです」

「し、しかしだな、わたしは……」

いきなりの展開に、慌《あわ》ててわたしが反論しようとすると、族長オーヘンデックはわたしの言葉を手で制して続けた。

「わかっております、ハンター様。ハンター様の人となりを拝見して、そしてそのご気性《きしょう》を知って、私にはきちんと理解できております。しかし、リリウムは、まだ若い」

そう言うと族長オーヘンデックは、握っていた手を自分の胸の谷間に割り込ませるように押《お》し付けた。

族長オーヘンデックの柔《やわ》らかな肉の感触が、わたしの手を包み込む。

ひどい、そんなことをしては平静を保てないではないか。反則だ。

しかし、うろたえるわたしを無視して、族長オーヘンデックは続けた。

「リリウムは、別室でハンター様を待っています」

なんだと？

「お願いですハンター様。あの娘《むすめ》を、愚《おろ》かにも罪を犯《おか》しエルフの籍《せき》を外され、ハンター様の側女となった光栄にして幸福で、しかし哀《あわ》れで不出来な我《わ》が妹を、誕生日の慈悲《じひ》をもって、どうか、どうか抱《だ》いてあげてください」
「それでも、もし、もし抱くことが出来ないなら、その理由を、あの娘に話してあげてください。どうか、どうかお願いです！」

そう言うと族長オーヘンデックはわたしの手を胸に押し付けたまま、それを包み込むように頭を下げた。

とはいえ、そればかりは、いくら頼まれてもなあ。
「ほんま、この手の話には弱いな、主さんは」

戸惑うわたしに背中を向けたまま、藺玉さんがため息交じりにそう言った。
「抱く抱かへんは、いったんおいておけばええねん。それよりも大事なことはな」

そう言うと藺玉さんは振《ふ》り返り、わたしを真剣な目で見つめた。
「今までみたいに、リリウムを子供やのうて、一人の女としてみてあげればええねん。一人の男と女として向かい合ってくればええねん。リリウムがそれを望んでるんや、そうしてやればえええねん」

あのリリウムが、か。

あの超天然《ちょうてんねん》でおっちょこちょいで、やれと言われれば休めと言うまでいつまでもやり続け、休めと言えば暇《ひま》だ暇だと子供の様にわめくリリウムが、か？

「お願いします、ハンター様！」

「いってやりや、主さん」

二人して頼まれても、困る。

とはいえ、わたしがどう思ったとしても、この話はわたしが腰《こし》を上げない限り終わらないのだろう。

仕方が、ないか。

「わかった、わかったからそう頭を下げるな」

こうなれば行くしかない。リリウムの所へ。

一人の女として待つ、リリウムの部屋へ。

一人の男として。

行くしかないのだ。

効能その十　リリウムの苦悩《くのう》とわたしの想《おも》い

ペタンペタンペタンペタン。

静寂《せいじゃく》な廊下に、温泉スリッパの間抜《まぬ》けな音が響《ひび》く。まぁこれも自分で提案したのだから仕方のない事だが、不安やら緊張《きんちょう》やらを抱《かか》えている時には、何ともおかしな気分にさせられる。

そう、今わたしはリリウムの下に向かっている。

わたしに抱かれるべく待っている、リリウムのところに、だ。

「しかし、まいったな」

つぶやくも、返答はない。

当たり前だ、一人で歩いている時に返答があったら、それはそれで盛大《せいだい》に怖い。が、こんな時に繭玉《まゆだま》さんが隣《となり》にいてくれたらな、と思わないことはないのだ。繭玉さんなら、きっと怖気《おじけ》づきそうなこの心に活を入れてくれ……。

「いかんいかん、それではあまりにも情けない」

わたしは頭を振るって気を取り直し、目的地に急ぐ。

リリウムは先程《さきほど》までわたしたちのいた特別室『トマトの間』から長い廊下を挟《はさ》んだ反対側の突《つ》き当たり、同じく特別室の『フューデの間』にいるそうだ。

うむ、『キャベツの間』や『ピーマンの間』でなくてよかった。この緊張感でそんなものを見たら、爆笑《ばくしょう》しかねない。

そんな馬鹿な事を考えながら歩いていると、目的の部屋が目の前に現れた。

「よしっ」

小さく気合を入れて入り口をノックする。

「リリウム、いるか、入るぞ」

と中からリリウムの声が返ってきた。

「は、はははは、はい、はい、はい、い、います！」

途端、笑いがこみ上げる
「くはははは、うはははは」

なんだその返事は、緊張しまくりではないか。

しかし、よくよく考えればそれはそうだろうさ、もちろん想像しなかったわけではないが、待ってるリリウムの方が何百倍も緊張しているのは当たり前じゃないか。

まあ、とりあえず、そんなリリウムの様子のおかげで、わたしの緊張が少し和《やわ》らいだのは確か。

「ご、ご主人様？」

ああ、今行くよ、すまなかったなリリウム。

「なんでもない、入るぞ」

「はは、はい！」

声を合図に部屋に入ると、リリウムが全身汗《あせ》だくで正座していた。

「お、お前そこで何をしていたんだ」

「あ、あまりにその、どうしていいかわからなかったので、腹筋と体術の稽古《けいこ》を……」

あほだ、やはりこいつは筋金入りの阿呆《あほう》で天然で、そして可愛《かわい》い奴《やつ》だ。

素直《すなお》でまっすぐな、いい奴だ。

「そうかそうか、ならば、な」

わたしは、この部屋にも当然ある、部屋付きの露天風呂を指さした。

「いくか？」

「は、はい！」

いいだろう、そこならきっと、わたしも素直になれる。

「き、き、き、きもちいいですね」

全然そんな風には見えんぞ、リリウム。

だいたいこんな素敵《すてき》な温泉に、中腰《ちゅうごし》のまま尻《しり》を向けて入るというその恰好《かっこう》は何だ。恥ずかしがっているのか露出趣味《ろしゅつしゅみ》があるのかわからんぞそれじゃ。

「そうだな、それとリリウム、少し落ち着け」

「お、お、お落ち着いておりますとも、それはもう、その落ち着き払《はら》っていますとも」

さよか。

「う、うむ、ならいいのだがな、わたしは温泉で面倒《めんどう》な話をするのがそんなに好きではない、だから単刀直入に行くぞ」

こんな子供っぽいリリウムが、全力を出してわたしをここで待つことに決めたのだ、わたしがリードしなくてなにが男だ。

「まずすべての話の前に、はっきりさせておくことがある」

「は、はい」

わたしは小さく息を吸って、断言した。

「わたしはおまえが好きだぞ、リリウム」

「え……」

わたしの言葉に、リリウムは中腰の姿勢をといて立ち上がると、わたしの方を見た。

「今、なんて……」

ふう、何度も言わせるな。

「お前のことを好きだと思っていると言ったのだ、リリウム」

嫌《きら》いなはずがないだろう、馬鹿者。

「お前が何をどう思って、わたしがお前を嫌っているなどという結論に至ったのか、そんなこと追及《ついきゅう》する気も非難する気もない。はっきり言って興味もない。しかし、わたしにはお前を嫌う理由などないし、好きでもない人間を側においておくような変な趣味《しゅみ》をもったおぼえもない」

「で、でも、私が側にいるのは姉さまの命令で……」

食い下がるな。それほどまでに思い込んでいたか。

「お前が族長オーヘンデックの命令でわたしの側女になってどれくらいたつと思っているのだ、いやなら途中《とちゅう》で放り出しておるわ」

「でも、ご主人様はお優《やさ》しいから！」

ああ、もう面倒だな。

わたしは湯の中でいら立ち紛《まぎ》れに頭を掻いた。わたしはこういった類の話が本当に苦手なのだ。温泉でというだけではなく、たとえどんな場所でも。

と、リリウムが、そんなわたしを見て震《ふる》える声で続けた。

「ご、ご主人様は、その、ご主人様は私を抱いてくださいません」

結局そこか。

わたしは何か反論をしようとリリウムを見た。しかし、リリウムの強い意志を持った深緑の瞳がそれを押しとどめる。

そうかわかった、最後まで聞こう。

「姉さまは言いました、ご主人様はお優しいお方で女をモノとして扱《あつか》うことが出来ないんだ、と。だからお前を抱こうとしないのだ、と」

そのとおりだ。

「でも、目の前に若い女の裸があって、若いエルフの裸があって、それなのにお手をお出しになるどころか触れようとさえしません。繭玉様にはあんなに簡単にお触れになるのに……」

繭玉さんは見た目が小学生だから……ではないな。うむ、確かに心を許している度合いが違《ちが》うことは認めよう。

しかし、それは仕方がない、人とはそういうものではないのか？

それとも親密度にかかわらず、女の身体に触れまくるのが、普通《ふつう》だとでもいうのか？

そんなわたしの憤《いきどお》りを感じたのか、リリウムはすっと目を伏せ、そして絞り出すように言った。

「……私は、嫌われていたっていいんです」

なに？

「私はダメな子です。おっちょこちょいだし頭はよくないし。それに私は一度ご主人様と繭玉様を殺そうとしました。許されなくても仕方がありません。嫌われたって不思議じゃありません。でも、もし。……ご主人様が私を抱かない理由が、私に触れてさえくれないその理由が……」

そこまで言うと、リリウムは顔を上げてまっすぐこちらを見た。

深緑の瞳から、湧《わ》きだす清水のように、涙《なみだ》が、あふれていた。

「……私のせいで、私がこんなせいで、ご主人様が、私達《たち》エルフを嫌いになってしまったからだとしたら！」

なんだと⁉

「馬鹿な！」

あまりの事に、思いがけず大きな声を上げてしまった。

そんなわたしの大声に、リリウムは身をすくめる。しかし、それでもなお震える声で続けた。

「すいません！　でも、でも、もしそうだったら、私のせいでご主人様がエルフをお嫌いになったのだとしたら、こんなにも私たち西のエルフの為にたくさんの物をくださったご主人様に、そんな思いをさせてしまっていたとしたら！」

リリウムの瞳からあふれる涙が滝《たき》の如くその頬《ほお》をつたう。

「私は、もう、どうしたらいいか……わかりません」

リリウム、お前、本当に馬鹿な娘だ。

「なんで、そう思った」

わたしは、その涙に気おされ、いっそ恐《おそ》る恐ると言った風情《ふぜい》で聞いた。

「ご、ご主人様は、私には何も言わないまま、藺玉様とここを、エルフの郷《さと》を出て行こうとなさっておいでです」

ああ、そうか、気付かれていたのか。気付いていながら、黙《だま》ってそれを悩んでいたというのか。

わたしは、気付かなかったというのに。

そんなお前に、気付きもしなかったというのに。

「ふぅ、本当にお前は馬鹿な娘だな、リリウム」

「す、すいません……」

「そしてまた、わたしも本当に……」

なぁ藺玉さん、もしここに藺玉さんがいたら、きっとこう言うんだろうな。

こう言って、顔をしかめるんだろうな。

「……本当に、本当に馬鹿な男だ」

「え？」

その言葉に、リリウムは涙にぬれた顔をこちらに向けて不思議そうに首をかしげる。

なぁ、族長オーヘンデックよ、お前の妹リリウムは、お前が思うほど頼《たよ》りない妹ではないぞ。この娘は、その小さく若い心で、わたしたちが思うよりもずっと色んなことをしっかりと考え、その責任の中で悩んでいたのだ。

一人前の、大人として。エルフの一員として。

そして、女として。

「おい、リリウム、お前ちょっとこっちにこい」

「はい？」

触れてさえくれないと言ったな？　ああ、触れてやろうじゃないか。

「藺玉さんのように、わたしの足の間に来いと言っているんだ」

「え、ええ、あ、あの、そ、それは」

「ふん、そんな覚悟で、抱かれることなどできるのか？」

少し意地悪かな？　とは思ったが、まぁこれくらいがいい。

「そ、そんな、行けます！　行ってみせます！」

そう言うと、リリウムは決死の覚悟を感じさせる表情で近付いてきた。

なんだ、わたしの足の間は、そんなに険しい場所か。

「し、失礼します」

すぐ間近まで近づき、リリウムは神妙《しんみょう》な面持《おもも》ちで頭を下げる。そしてわたしがゆっくりと足を開くのを確認すると、ぎこちなく後ろを向き、そろりそろりと慎重《しんちょう》に足の間に割って入った。

同時に、柔らかな感触が、藺玉さんのそれより数倍の迫力《はくりょく》と共に感じられる。

う、さすがにこれはわたしも、その、まずい。

がんばれ、わたし、落ち着け。

「う、うむ、そう緊張せずに、わたしに身体を預けてリラックスしろ」

「は、はいぃ！」

震える身体が、ゆっくりとわたしにもたれかかる。

藹玉さんより大きく、そして大人を感じさせる美しく柔らかい身体。

お互《たが》いの鼓動《こどう》が、重なり合うように騒《さわ》いでいる。

しかし、ここはわたしがしっかりせねば。

わたしは心中で気合を入れなおすと、リリウムの、その若く美しい身体を後ろからそっと抱きしめた。

「ひぃっ！」

「ええい、一々声を上げるな」

「す、すいません」

腕の上に、藹玉さんにはない胸のふくらみを感じる。細かに震える、柔らかいそれを感じる。

「リリウム、難しかろうが、目を閉じて身体の力を抜《ぬ》け」

「はい」

リリウムにそう命じておいて、わたしも目を閉じる。

そして、心を落ち着かせて神経を集中させた。

目を閉じた途端、わたしはいつもの温泉を楽しむ自分に戻《もど》る。いついかなるどんな状《じょう》況《きょう》でも、こうして目を閉じるだけでそうなれるのは、これまでの経験と温泉への愛のたまものだ。

そして、先程まで緊張の素でしかなかったリリウムの柔らかい身体さえもまた、わたしをリラックスさせてくれた。

わたしはそのまま、温泉を、リリウムの身体の感触《かんしょく》を、味わうように静かにゆっくりと時を過ごした。気が付くと、リリウムの身体もまた、震えを止め、その力がゆったりと抜けているように感じられる。

もう、大丈夫《だいじょうぶ》か。

「なぁリリウム、気持ちいいだろ？」

わたしの声に、リリウムも、ゆったりとそして柔らかな声で答える。

「はい、とっても、今までで一番」

うむ、もう、平気だ。

「なぁリリウム、こうしてわたしと身体を触れ合って、二人きりで温泉の湯に包まれて、それでもなお、お前はわたしがエルフやお前を嫌っていると思うか？」

どうだ、頭でなく、心で考えろよ、リリウム。

肌《はだ》で感じるんだぞ。

「そう、感じるか？」

わたしの問いに、リリウムはゆっくりと、そしてしっかりと答えた。

「いいえ、きっと、私の勘違《かんちが》いでした。私は、エルフは、嫌われてない。そう思います」

そうか。

「ああ、そのとおりだ。ただ、お前をそんな気持ちにさせて、本当にすまなかったな」

「いいえ、わたしこそ、その、ごめんなさい」

ごめんなさい、か。

ふふ、リリウム、言葉遣《ことばづか》いが年相応になってきているぞ。

そんなリリウムの様子に、わたしは、本当に今このわたしの目の前にいるエルフの少女を愛《いと》おしく感じ、ゆっくりと頭を撫《な》でた。そして、そんなリリウムもまた、そんなわたしの行動に驚《おどろ》くでもなく、ゆっくりと撫でられている。

身体を満たす、暖かな気持ちと、それを包む、暖かな湯。

時間が、この世のどこよりもゆっくりと、流れている気がした。

だから、聞いてもいい気が、した。

「なぁリリウム、お前はまだ、その、わたしに抱かれたいと思うか？」

リリウムは、少し身体を緊張させて、それでもゆっくりと明確に答えた。

「はい、おもいます」

「そうか、それは、わたしの側女としての役割を果たすためか？　それとも、一人の女としてか？」

大事な事だ。そしてそれはリリウムにもしっかりと伝わっているようで、ゆっくりと考え、そして答えた。

「きっと……一人の女として……です」

そうか、そう思ってくれるのか。

なら答えは一つだ。

「すまんなリリウム、わたしはお前を抱かないよ」

わたしの答えに、しばし沈黙《ちんもく》が根を下ろす。

それでも、わたしの答えは。

それしかないのだ。

「理由……聞いてもいいですか」

お前を抱かない。そう断言したわたしに、リリウムはさらにもう少しだけ身体に力を込めて聞き返した。

「ああ、もちろんだ。お前にはその権利がある」

そう言ってわたしは苦笑《くしょう》する。権利などという堅苦《かたくる》しい言葉が出てくるところではないだろうに、と。

「もし、な、お前が側女として、その職責を全《まっと》うするために抱かれたい。そう答えていたら、わたしはきっとお前を抱いたと思う」

言いながら、わたしはリリウムを抱きしめる手に力を込めた。

「でもお前は一人の女として抱かれたい。そう、答えてくれた。わたしはなリリウム、お前がそう答えてくれて、嬉《うれ》しかったのだ」

「私を抱かなくて済むからですか」

「それはちがう」

違うんだ、そうではないんだ、リリウム。

「純粋《じゅんすい》に一人の男として嬉しかったのだよ。お前のような美しくも素直で優しい女に、そう思われたことがな」

「だったらなぜ？」

リリウムの声に力がこもる。精一杯《せいいっぱい》声を荒《あら》げないようにしているのがその顔を見なくても伝わる。

だからこそ、わたしは自分をこの少女にさらけ出すと決めた。

こればかりは、温泉の力では、ない。

「わたしはな、女を抱いたことがない」

その言葉に、リリウムの身体がピクリと震える。

わたしは、それにかまわず続けた。

「それどころかな、女に惚《ほ》れた事すら、ないのだ」

「そ、それは、でも……」

そうだな、信じられた話ではないな。

「本当なのだよ、リリウム。理由は、その、言えないが、それは間違《まちが》いなく本当なのだ、わたしは……」

そう言うとわたしは、リリウムのその身体を、さらに強く抱きしめた。

「わたしは、怖いのだ、女を女として愛するという事が」

藺玉さんにすら話したことの無い、わたしの心の内側を、いま、わたしはリリウムに晒している。

そんなわたしに、リリウムはわたしの腕《うで》を優しくさすることで応えた。

そして、その手の感触が、何より、嬉しかった。

「だから抱けない。リリウムが女としてわたしに抱かれたいなら、男として女を愛せないわたしにリリウムは抱けない。女をまともに愛することのできないわたしに、女であるリリウムを抱くことはできないんだ。してはいけない、そう思うのだ」

それはわたしが、きっとリリウムを人として大切に思っているから。

「わかってくれるか。いや、わかってほしい」

そこまで吐《は》き出して、わたしはリリウムの身体を抱きしめていた腕の力を緩《ゆる》め、固く目を閉じた。

何のことはない、恐ろしいのだ、わたしは。

この世界にやってきて、プデーリの眷属《けんぞく》の主として、偉《えら》そうに温泉道を広めようなどとしてきた自分が。エルフの皆《みな》に敬われ慕《した》われるこのわたしが、こんな、ただの情けない惨《みじ》めな男だと知られてしまったことが。

温泉饅頭《おんせんまんじゅう》3世《せい》でもなく、孤高《ここう》の温泉ハンターでもなく。ただの湯川好蔵《ゆかわこうぞう》を知られてしまったことが。

ただ、怖い。それだけなのだ。

しかし、そんなわたしの恐怖《きょうふ》を、リリウムは大声でかき消すように叫《さけ》んだ。

「あーあ、ほんとにご主人様はバカ者ですね！」

な、なに？

「臆病《おくびょう》で意地っ張りで弱虫で、それなのに偉そうで、ほんと、馬鹿で救いようのない男ですね！」

図星をつかれ、一瞬《いっしゅん》思考が止まったわたしの身体から、リリウムはすっと距離《きょり》をとって
クルリと振り向くと、その場に立ち上がった。

そして、惜《お》しげもなくその裸身《らしん》をさらし、わたしを睨《にら》む。

涙でぐしょぬれの瞳で、睨みつける。

そして、訪《おとず》れる沈黙。

わたしはその沈黙に耐《た》えかねて、絞り出すように呟いた。

「そうか……そうだよ、な」

と、リリウムは、わたしの言葉に怒《おこ》ったような表情を浮《う》かべると、その場にしゃがんで
お湯をすくい、勢いよくわたしの顔に掛《か》けた。

「な、何をする！」

「なにをするじゃないですよ！」

わたしの叫びに負けぬように、リリウムは叫び返す。

「エルフはですね、この世界でもみんながあこがれるくらい美しい種族なんですよ！　そ

んな美しいエルフの、その族長の妹で、こんなに若くてぴちぴちの女が、こんなに可愛い私が裸《はだか》で誘《さそ》ってるのに、ぐちぐちぐちぐち言い訳して、抱いていいですよっていうのに、抱くこともできないなんて」

そう言うとリリウムは、一段と大声で叫んだ。

「ご主人様は大バカ者のあんぽんちんです！」

あ、あんぽんちん？

「さいっていの根性《こんじょう》なしの、ダメ男です！」

そこまで言うか！

「でも」

そう言うとリリウムは、再び湯につかり、わたしの目の前までやってきた。

そして、その涙にぬれた深緑の瞳でわたしをしっかりと見つめ、優しく、本当に優しくささやいた。

森を渡《わた》るそよ風のような、優しい声で。

「私は、そんなあなたの側女になれて、本当に良かったです」

……そう……なのか？

そう思って、くれるのか？

「あなたがご主人様で、私は、リリウムは、本当に幸せです」

そう言うとリリウムは、わたしをその胸に抱きしめた。

「わたしがはじめて好きになった人があなたで、本当に、幸せ者です」

リリウムの若く弾力《だんりょく》を持った柔らかい身体の感触が、わたしを優しく包み込む。その血の熱が、温泉でその力を増した身体の熱が、心の奥《おく》から湧き上がるその熱が、わたしに力を与《あた》えてくれる。

なにをいうか、リリウム。幸せ者は、わたしだ。

「ありがとうな、リリウム」

自然と、感謝の言葉がもれた。

「私もです、ご主人様。私の願いを聞き届けないでいてくれて、私を抱かないでくれて、本当に、ありがとうございました」

小さくそれでいて深くそう言うと、リリウムは尋《たず》ねた。

「ねぇ、ご主人様、もうすぐ、ご主人様はエルフの郷を出ていかれるのですよね？」

「ああ、そのつもりだ」

「そうですか、では……」

そう言うとリリウムはわたしの身体を離して、しっかりとわたしの顔を見つめてから、決意を込めて言った。

「私、ついて行きますからね。ついて行っていいですかなんて聞きません。ご主人様が嫌《いや》がっても繭玉様に怒られても、私は絶対について行きますからね」

そうか、拒否権《きょひけん》はないか。

拒否するつもりも、ないけどな。

「いつかご主人様が、私の事を女として好きになって、女として心から愛してくれて、もう昼も夜も私の事しか考えられずに、我慢《がまん》できなくて夜中に襲《おそ》っちゃおうかなんて思っちゃうくらい私の事を愛してしまって。ご主人様の方から頭を下げて私を抱こうとするくらいになるまで」

リリウムはそう言うと、満面の笑顔《えがお》で宣言した。

「絶対離れてなんかやらないですからね！　エルフは優しい森の民じゃないんです、本性《ほんしょう》は狩人《かりゅうど》なんです、覚悟してくださいね！」

そうか、それはおっかないな。

「ああ、覚悟しよう」

「はい！」

そう言うとリリウムはいきなりわたしの頬にキスをした。

「な、なにをする！」

「これは、エルフの女にとって、貴方《あなた》は私の獲物《えもの》だ覚悟しろって意味です！」

「そ、そうなのか？」

「いいえ、今考えました！」

そうか、それはリリウム、お前らしいな。

「ふ、ふはははは、やはりお前は素敵な奴だな、リリウム」

心から、本当に心からそう思うぞ、リリウム。

「そうです、知ってます！」

「そうか、わたしも知っていた」

わたしの言葉に、わたしとリリウムは、声をそろえて堰《せき》を切ったように大声で笑った。

と、その時だ、部屋の入り口で、盛大な音を立てて人が入ってくる気配がした。その瞬《しゅん》間《かん》、リリウムは飛び上がるように風呂《ふろ》の縁《ふち》に出て、裂帛《れっぱく》の気合とともに叫んだ。

「だれだ！」

耳をつんざくような怒声《どせい》。

が、その声に気おされる事もなく、わたしたちの目の前に姿を現したのは族長オーヘンデックだった。

「ね、姉さま？」

「あ、リリウム、すまぬ、そ、その、取込み中だったか？」

族長オーヘンデックの場《ば》違《ちが》いな心配に、わたしとリリウムは顔を見合わせて苦笑する。

「かまわんよ族長オーヘンデック、なにも取り込んではいない」

「で、ではリリウムは……」

わたしの答えに、族長オーヘンデックは心配そうにリリウムを見る。

「大丈夫です姉さま、誤解は解けました」

「そ、そうか、それはよかった」

いやいやそれを聞きに来たにしては、入り方が乱暴だったぞ。

「族長オーヘンデック、お前の用はそれか？」

わたしの言葉に、族長オーヘンデックはハッとして答えた。

「あ、いえ、そうではないのです、火急の要件です」

「なんだ」

族長オーヘンデックの表情が、一気に引き締《し》まる。どうやらただ事ではならしい。

「街道《かいどう》商権の件で、有言十支族王から緊急《きんきゅう》の呼び出しがかかりました」

なに？

「お前にか、族長オーヘンデック」

「い、いえ、それが……」

族長オーヘンデックは口ごもる、その様子で理解できた。

「わたし……なんだな?」

「は、はい。それと、藺玉様もです」

なんだと?

「藺玉さんもか?」

「はい、わたしと、その二人で至急王都まで出頭するようにと、たったいま伝令が届きまして」

有言十支族の王、つまりこの世界の最高責任者が、わたしに、いや、藺玉さんに何の用があるというのだ。

「できれば、お急ぎください」

西のエルフの立場を考えれば、断れないのだろうな。

「わかった、リリウム、支度《したく》しろ」

「はい!」

そう答えたリリウムの返事を聞いて、族長オーヘンデックは慌《あわ》ててそれを制した。

「い、いえ、リリウムはべつに……」

しかし、わたしはそれを撥《は》ね退《の》ける。

「そうはいかん、リリウムはわたしの側女《そばめ》だ、わたしの行くところには必ずついてきてもらわねば困る」

「そうです、絶対に付いて行きます！」

そのただならぬ連帯感に、族長オーヘンデックは少し戸惑《とまど》い、しかし、すぐに真顔になって続けた。

「わかりました、かまいません。では、ハンター様も急ぎ御支度《ごしたく》を」

「藺玉さんは？」

「もう、準備を整えてお待ちです」

「わかった」

そう答えると、わたしは勢い良く立ち上がり湯船から出る。

そうか、有言十士族の王か。

何の用だか知らんが、このわたしをよびつけるとはいい度胸じゃないか。しかも温泉に入っている途中になっ！

事と次第《しだい》によっては、温泉に叩《たた》き込んでくれるわ！

効能その十一　有言十支族《ゆうげんじゆつしぞく》の王と旅立ちの理由

「族長オーヘンデック、なぁ、族長オーヘンデック」

「なんですか、ハンター様いまはお静かに」

「いつまで待たされるのだわたしは」

「知りませんからお静かにっ！」

族長オーヘンデックめ、冷たい奴だ、まったく。

とはいえ、まぁ有言十支族王の居城の謁見《えっけん》の間で、この城の主を待っているんだから、この対応も仕方ないと言えばそうなのだが……にしても、待ち時間が長い。もう二時間は待っている。

リリウムとの今から思い出せば赤面して死んでしまいそうな一件から、急きょこの有言十支族王の居城があるデラリンという可愛いんだか厳《いか》めしいんだかわからない地名の王都まで、夜通しポマ車で急行したのだ。

はっきり言って眠《ねむ》い、そして温泉に入りたい。

ちなみにポマ車とは、エルフの郷に固有の動物ポマが引く馬車の様な物である。ポマとは、なんだ、牛のような馬、いや馬のような牛……つまり馬の身体に牛の角が生えていてモーと鳴く動物だ。

ま、今はそんなことはどうでもいいのだが。

「ハンター様、それよりもお願いですから跪《ひざまず》いてください」

「断る」

「そんな、西のエルフの命運が……」

正直それを言われると弱いのだが、しかしわたしとしても、いきなり呼び出しておいてこの待たされようである。

しかも、わたしはこの世界の住人では基本的にない。

王の権威《けんい》なんか知ったことか、である。

相手が銭湯のボイラー長とか湯殿《ゆどの》の管理人なら跪いてもいいのだが、王の権威をかさにきて人に待ちぼうけを食わせるような人間に下げる頭はないし、温泉タイムを中断されたわたしは機嫌《きげん》が悪いのだ。

「主さんは頑固《がんこ》やからなぁ」

「ほっとけ」

そう言う繭玉《まゆだま》さんも、平伏《ひれふ》さずに手持無沙汰《てもちぶさた》の体で突《つ》っ立っている。

族長オーヘンデックよ、なぜ繭玉さんには注意しないのだ。それと、そばでリリウムが寝《ね》てるぞ。

「お願いですからぁ……」

族長オーヘンデックが泣きそうな声でそう懇願《こんがん》したその時、謁見の間の一段高い所におかれている無駄《むだ》に豪華《ごうか》な玉座の両脇《りょうわき》に立っていた衛兵が、突如《とつじょ》、大声を上げた。

「有言十支族王、ルイルイ・エーデレンダ＝ビスク様、御臨席《ごりんせき》！　一同、控《ひか》えよ！」

ふぅ、やっと来るか。

「ハンター様、もうそのままでいいですから頭は下げてください！」

今にも死んでしまいそうな声で懇願する族長オーヘンデックの様子に、渋々《しぶしぶ》ながら、折れてやることにする。

「わかった、頭だけは下げてやる」

不服だけどな、思い切り。

と、少し駄々《だだ》っ子のような態度をとりながらわたしが頭を垂れていると、前方に数人の人間がどやどやと入ってくる気配を感じた。そして、またしても衛兵の声がかかる。

「おもてをあげよ！」

下げさせといて上げろとはいかに！

ま、仕方ないのだろうけどね。

わたしはゆっくりと顔を上げ、王の姿を見る。

そこにはおかしなお面をかぶった王と思《おぼ》しき人物と、すらっとした身体に白い髪《かみ》をなびかせた獣人《じゅうじん》の女が偉そうにふんぞり返って立っていた。

しかも、どう見ても狐《きつね》の獣人にしか見えない、あと、美人さんだ。

と、その姿を見るやいなや、繭玉さんが驚愕《きょうがく》の声を上げた。

「こ、小町先輩《こまちせんぱい》!?」

先輩？

慌てて繭玉さんを見る。すると、繭玉さんは蒼白《そうはく》な顔でその小町先輩と呼んだ獣人の女を見つめていた。

「あら、繭玉。元気そうで何よりですわ」

繭玉さんの声に、小町は、粘《ねば》つくような声でそう答えると、音がするほどゆっくり、ニヤリと笑った。

「なんだいその尻尾《しっぽ》と耳は、まだ偽狐《にせぎつね》ゴッコをしているのかい？」

小町の声に、繭玉さんがビクリと体を震わせる。

なんだと、この狐。

「これはこれは、有言十支族の王とやら、偉そうな割にずいぶんと不躾《ぶしつけ》な狐を飼っているのだな」

たまらずわたしは声を上げる。

しかし、王はピクリともせず、代わりに小町が苛立《いらだ》たしげに答えた。

「無礼者！　偽狐の相棒の分際で、礼をわきまえなさい！」

「やかましいわ！　礼をわきまえないのはどっちだ、あほ狐。招かれてきた客人を放置したまま待ちぼうけを食《く》らわせた上に、やっとでてきたかと思えばいきなり暴言を吐くような野蛮《やばん》な獣とその主に尽《つ》くす礼などないわ！」

当たり前だ馬鹿者、いきなりわたしの繭玉さんになんてこと言うのだ。

「何ですの、この人間風情が」

「だまれ、このすかたん狐！」

たく、何だこの扱いは。

と、その時、怒《いか》りに任せて小町と言い合うわたしの袖《そで》を繭玉さんがぐいっと引いた。

「ぬ、主さん、ええて、あの人は昔からあんな……」

と、それを聞きとがめて、またしても小町が厭《いや》らしげな声で繭玉さんに詰《つ》め寄った。

「あら酷《ひど》いですわ繭玉、昔から私が何だとおっしゃいますの？　何か文句がおあり？　今まで散々に偽狐の世話を焼いてあげていたのに」

あまりの小町の無礼な発言にわたしは王を見る。

しかし、相変わらず王はピクリともしない。

使えない飼い主だ。わたしが憤りと共にさらに何か言おうとしたその時、小町はまたしても本当に厭らしげな声で続けた。

「だいたい毛玉のあなたが私の前で平伏《へいふく》しないなんて、おかしいのではありませんか？」

その言葉に、繭玉さんは震《ふる》えながら歯を食いしばっている。

「跪きなさい、この毛玉！」

よし帰ろう、もうこんなところには一秒たりともいたくない。

「もういい、帰るぞ」

わたしは繭玉さんの手をつかみ、踵《きびす》を返して帰ろうとした。すると、眠たそうな目のリリウムがこの場の空気にそぐわない暢気《のんき》な声をあげた。

「ええ？　繭玉様って狐じゃないんですかぁ？」

リリウムの声に、繭玉さんの身体が硬直《こうちょく》する。

しかし、なんだ？　その芝居《しばい》がかったとぼけ声は？

「そうですわよ、エルフの娘《むすめ》。そこのそれは、狐ではなく、人間の子供が作った毛玉人形の化け物ですのよ」

「毛玉人形ですかぁ？」

「ええ、繭玉と言って、糸を採る汚《けが》らわしい虫の繭《まゆ》をまねた、安っぽくて薄汚《うすぎたな》い飾《かざ》りですわ」

「へぇお人形なんですかぁ」

そんな無邪気《むじゃき》と言えば無邪気、無神経と言えばあまりに無神経なリリウムのおとぼけ発言に、族長オーヘンデックが「リリウム黙りなさい」と小声で注意する。その顔は、蒼白な上に汗《あせ》だくで、きっと今この場の誰《だれ》よりも複雑な思いの中でプレッシャーにさいなまれていることは明白だった。

うむ、たしかに立場上そうなるよな。すまん族長オーヘンデック、わたしも大人気《おとなげ》なかった。

心で謝《あやま》って、わたしは振《ふ》り返ってもう一度小町を睨む。そして、王を見た。

やはり、微動《びどう》だにしない。

しかし、小町の暴走は続く。

「どうせその毛玉は皆様《みなさま》をだましていたのでしょう？　人を化かす事まで真似《まね》するなんて、

狐ではなく猿《さる》ですわね」

もう我慢できん。

わたしが限界を感じて怒鳴《どな》り散らしてやろうとしたその時、リリウムは繭玉さんに近寄ってその肩《かた》をポンポンと叩くと、やはり場違いに暢気な雰囲気《ふんいき》で盛大《せいだい》に大げさな大声を張り上げた。

「なるほどぉ！　だから繭玉様は服飾《ふくしょく》にお詳《くわ》しかったのですねぇ！　これで納得《なっとく》できましたよぉ！」

「へ？」

「糸のお人形かぁ、なるほどなぁ！」

「あ、まぁそやな」

先程《さきほど》まで、ガチガチに硬直していた繭玉さんが、急に力を抜いてリリウムを見る。

リリウムは「そうかぁ、なんだ、そうだったのかぁ、さすがだなぁ」と感心しながらぶつぶつとつぶやき、そして、そのまま繭玉さんの顔を見つめると、清々《すがすが》しいまでのガッツポーズを取って「さっすがですねぇ繭玉様」とキメた。

白い歯をキラーンと光らせて、満面の笑《え》みで。

「ぐふっ」

こんなもの吹《ふ》き出すなというのが無理だ。

「ふ、ふははは」

族長オーヘンデックも笑い始める。

「な、何を言うんですかエルフの娘。あなたは、その偽狐に騙《だま》されて腹は立たないのですか！」

相当予想外の展開だったのか、小町は先程までの余裕《よゆう》の態度から一変、突然《とつぜん》大声を張り上げてリリウムに迫《せま》った。

その剣幕《けんまく》に、助けた方がいいのか？　と、リリウムを見る。しかし当のリリウムは余裕の表情だ。

そうか、よし、放っておこう。まかせた。

「騙された？　そんなことないですよ。だって、そりゃ最初はプデーリの眷属でお狐様だからって理由で丁重《ていちょう》にお世話しようって思いましたけど、別に繭玉様からなにかをしてくれと言われたわけではないし、それに……」

そう言うとリリウムは、繭玉さんの顔を見つめてコクリと頷《うなず》き、わたしの握《にぎ》っていない方の繭玉さんの手をしっかりと握った。

そして、繭玉さんににっこりと笑いかけ、続ける。

「それに、敬うだけ敬わせてなーんにもしてくれない神様と違《ちが》って、繭玉様はエルフの郷《さと》にたくさんのプレゼントをくれました。浴衣《ゆかた》とか生糸《きいと》、山芋《やまいも》にお茶……あとはおもてなしのお作法とか、もうそれはたくさん！」

そこまで言うと、リリウムはゆっくりと腰《こし》にさしてある小さな杖《つえ》を抜き、王に向かって構えた。

そして急に迫力《はくりょく》のある声を上げる。

「ですから繭玉様は西のエルフにとってとても大事なお方。これ以上馬鹿にすると、王様ごとそちらの全員を吹き飛ばしますよ！」

ああそうか、リリウムは怒っていたのか。それもかなりの勢いで激怒《げきど》していたのか。しかし、王宮の謁見の間で、王に向かって武器を構えるとは、危ない娘だな。

そういうところも大好きだけど、な。

「なあ、族長オーヘンデック、止めなくていいのか？」

リリウムの暴挙に衛兵が一斉《いっせい》に剣《けん》を構える中、わたしが族長オーヘンデックの方を見ると、なんと族長オーヘンデックも魔剣《まけん》を抜きはらって構えているではないか。

しかもコチラは、満面の笑みで、だ。

「止める？　加勢するの間違いではないですか」

「こ、この似た者姉妹《しまい》め。なにをしますの無礼者！　有言十支族の王に武器を向けてタダで済むと思っているのですか⁉」

またしても大幅《おおはば》に予想を裏切る展開に、慌てて小町が叫ぶ。しかし、こうなるとこっちの仲間はもう止まらない。

小町の叱責《しっせき》に族長オーヘンデックがさらに鋭《するど》く応戦する。

「何が無礼か！」

「なんです！」

「有言十支族の王であるからとこちらが我慢をしていれば、いい気になって。そもそも有言十支族の王とはいえ、各支族の長のまとめ役に過ぎず、ヒューマンにエルフが隷属《れいぞく》しているわけではない。しかも、こちらにおわすお方は、プデーリ様より直接この地に送り込まれたプデーリの眷属をも従える貴人」

ほう、わたしは貴人だったか。奇人《きじん》ではないよな？

「オンセンマンジュウ3世様にあらせられるぞ！」

と、その瞬間、今までピクリともしなかった王が盛大に「ぶふっ」っと吹き出した。

あまりの事に全員が王を見る。

すると王は、その玉座に座《すわ》りながら肩を揺《ゆ》らして笑っていた。

「お、お、温泉饅頭《おんせんまんじゆう》て……温泉饅頭3世《せい》て……ぐふ、ぐふふ」

ん、もしやこれは。

わたしは、その王の言葉に感じた違和感《いわかん》を藺玉さんに確かめる。

「藺玉さん、今の王の言葉は、藺玉さんが翻訳《ほんやく》したのか？」

聞かれて藺玉さんは首を振る。

「いんにゃ、してへん」

そうか、そういう事か。

急に肩の力が抜《ぬ》ける。

「王よ、これはいったいなんの冗談《じようだん》だ」

あきれながら発したわたしの言葉に、王は「この場にいるもの、客人と小町以外さがれ！」と命じ、皆がいなくなったのを見計らって、お面をとった。

その顔は、まさに日本人。

少年？　いや青年か、なんだかよく年齢《ねんれい》が分らない顔をしているが整った顔立ちの男だ。

すると、王はおちゃめな笑みを浮かべて舌をペロッと出した。

「ごめんごめん。ちょっとしたシャレだったんだ」

たく、冗談が過ぎる。

「王よ、シャレにならん事態になる所だったぞ、わたしの仲間は行動力に長《た》けているんだ」

「みたいだね、でも、忍耐力《にんたいりょく》のパラメーターは低そうだけど」

その物言い、こいつゲーマーか。

「でも、ごめん、特にエルフの二人には、ほんと、驚《おどろ》かせちゃったね」

そう言って、何のことやらわからずに呆然《ぼうぜん》としているリリウムと族長オーヘンデックに王が頭を下げようとした、その時、突然、素《す》っ頓狂《とんきょう》な声で小町が叫んだ。

「藺玉ぁぁぁ！」

叫びながら小町は、踊《おど》るように駆《か》け出すと、藺玉さんの下へ風のように早く近づき、藺玉さんを抱《だ》き上げて高い高いの格好でくるくると回り始めた。

「ちょ、ちょ、も、先輩、やめたってえな」

先程とはがらりと違った小町の様子に、わたしはため息交じりにつぶやく。

「なんだ、仲良しじゃないか」

すると、小町に抱き上げられながらくるくると回る藺玉さんは「ちょ、いっかい止めてって、先輩」と、小町に懇願してその動きを止めさせると、それでも抱きかかえられたまま迷惑《めいわく》そうに言った。

「だから言ったやろ、こんな人やねんこの人は」

「もうこの人だなんて冷たいわね、繭玉。お姉ちゃんて呼んでっていつも言ってるじゃないですか」

「いやや、こんな姉いらんわ」

「うーん、もう、そんな冷たいところも好きですけどねっ」

そう言って「やめて言うてるやろおお」と叫ぶ繭玉さんを、小町は嬉しそうにぐるぐる回し始める。

うん、もう、好きにしてくれ。

「あ、あのハンター様、これは一体」

だな。説明しないとわからないよな、族長オーヘンデックよ。

「ああ、まぁ間違いないとは思うが、あそこにいる有言十支族の王とやらは、わたしの同郷だ」

「ハンター様と同じ場所から来たという事ですか?」

族長オーヘンデックの困惑《こんわく》の言葉に、今度は王が答える。

「そうだよ、いつごろどの辺りから来たのかはよくわかんないけどね」

そうか、同じ日本人だからとはいえ、来た時代まではわからないのか。

とはいえ、その言葉使いからもそんなに離《はな》れた時代とは思えない。

「なぁ、王よ、記憶《きおく》の中で一番最新型の新幹線と言えばなんだ？」

「新幹線？　コマチかな？」

ああ、わかった、ほぼ同じ時代だ。

「わたしは、ノゾミだ」

「なるほど、時代はそんなに離れていないってことだね」

とりあえず確認《かくにん》は済んだ、あとは用件だが。

「で、なんでわたしたちをここに呼びつけたんだ？」

わたしの問いに、王は本当にうれしそうに笑った。

「それはね……」

ほっほぉ、そうか。

「よし、族長オーヘンデック、エルフの郷に戻《もど》るぞ‼」

これはまた、楽しくなってきた。

いまだに小町に回されている繭玉さんを見ながら、わたしはこみ上げる喜びにこっそりとほくそえんだ。

「いやぁ、こっちで温泉に浸《つ》かれるとは思わなかったよ」

「ふ、温泉好きは大歓迎《だいかんげい》だ、王よ」

「ああ、ルイルイでいいよ、えっと……」

「ハンターだ」

「わかった、ハンターさん」

謁見の間で、有言十支族王ことルイルイがわたしに言った言葉は「温泉作ったんでしょ、入れてよ」だった。そして、そう言われてこのわたしが断わろうはずがない。

で、現在藺玉山荘《さんそう》の外湯に入っているというわけだ、が、しかし。

「ルイルイよ、お前、女だったんだな」

「失礼だなぁ、どっからどう見ても女じゃないか」

今はな。そうやって裸になっている姿は、間違《まち》いなく女だ。しかしその顔つきや髪型《かみがた》、言動に関して言えば、女というよりもむしろ少年のそれに近い。

しかも、かなりの美少年だ。

「そうか？　なぁ藺玉さん」

そう言って、相変わらずわたしの足の間でぷかぷかしている藺玉さんに同意を求める。

「せやなぁ、一見女には見えへんなぁ」

「なに？　それ。ボクのおっぱいが小さいからそう言ってるの？　だったら繭玉さんだって変わらないじゃん」

「ちゃ、ちゃうわ、乳の話なんかしてへんわ！」

なるほどな。わたしはいとも簡単にこうやって打ち解けてしまったルイルイという少女の懐《ふところ》の深さに、妙《みょう》に納得した。

これくらいでなければ転生した他所《よそ》の世界で王などという重責を担《にな》えるはずがない。

「なぁルイルイ、お前こっちに来て何年になる？」

「どっちの暦《こよみ》で？」

「それはどういう事だ？」

「ああ、ハンターさんはまだ知らないんだね。こっちの一年は九十日だよ。だからこっちの暦だと、転生して七十二年、向こうだと十八年だね」

な、なんだ？　そんなの初耳だぞ。

しかし、そうか、これで謎《なぞ》が一つ解けた。

確かにエルフは長命で、成人したのち歳《とし》をとらないのかもしれないが、リリウムのあの幼さはどう考えたって六十八年生きているとは思えなかった。しかし、そうか、あいつは前の世界換算《かんさん》で十七歳だったのか。そう思えば、なんだかしっくりくる。

ん？　待てよ、でもそれにしても。

「十八年って、もしかしてルイルイはこっちで生まれたのか？」

「そだよ、ボクはこっちに胎児《たいじ》の形で転生して、それで、先王の子として生まれてるんだ」

なんと、わたしは繭玉さんを見る。

「まぁ、転生の仕方は色々あるんやけどな、転生前の年齢があんまりに若いときは、いきなり異世界にほりこんでもどもならんことが多いよってに、だれぞの子供に転生してもらう事はあるねんで」

なるほどな、よく考えられたシステムだ。

わたしはふむふむと頷きながら、続けた。

「ならばルイルイは、けっこう若い時にこっちへ？」

わたしの質問に、ルイルイは顔を曇《くも》らせる。

「細かいところ聞いてくるなぁ」

「あ、すまん。デリカシーにかけていたな」

「いいよ、こっちに来た時の年齢は十二歳だね。面白《おもしろ》い事に、生まれた時から昔の記憶があったんだよ」

へぇ、それはまたなんとも。やりづらいな。

「十二歳の自我《じが》を持ちながら、おむつに色々しちゃった時のやるせなさったらないよね」

だろうな。

しかし、という事は、生きている時間の累計的《るいけいてき》にはほぼ同年代という事か。あの初めて見た時に、年齢がいまいち読み取り難《にく》かったのは、そう言った理由なのかもしれない。

もしくは、単純に、性別を間違えていたからかもしれないが。

「で、後宮の乳母《うば》の中に、ちゃっかり小町がいたってわけさ」

なるほどねぇ……って。

「それよりルイルイ、あの小町とか言う狐どうにかならんか」

わたしはルイルイにそう言葉をかけて、少し遠くの草むらに目を凝《こ》らす。するとそこには耳と尻尾が見え隠《かく》れしながらぴくぴくと動いていた。そう、言うまでもなく小町だ。

先程温泉に入る際全裸《ぜんら》になるのを拒《こば》み、結果、全裸になれんのなら入浴者の目の届かないところにいろ。とわたしに怒《おこ》られて以来、ああなのだ。

「おーい小町！　お前もこっち来て温泉入ろうよ！」

ルイルイの言葉に、暗闇《くらやみ》から返事が返ってくる。

「ななな、何を言うのですか！　そんなことできるわけございませんわ！」

この声に、藺玉さんが返事をする。

「せんぱーい、温泉はめっちゃ気持ちいいもんやで。先輩《せんぱい》綺麗《きれい》な身体してはるんやから、気にせんとこっち来ましょ」

「な、繭玉。あなた、お稲荷様《いなり》のお使い姫《ひめ》として恥《は》じらいはどこへ行ってしまったんですの！」

「何言うてますの、お稲荷さんかて風呂におったら裸《はだか》やで」

正論極《きわ》まりないな、繭玉さん。

「だって殿方《とのがた》がいらっしゃるじゃないですの！」

まぁいい、いやなものは無理やり呼ばなくてもいいのだ。

「繭玉さん」

「なんや主さん」

「少し可哀《かわい》そうだから、あとで二人で稲荷湯にでも行ってきなさい」

「了解《りょうかい》や、ありがとな主さん」

うむ。さて、それはいいとして。

「で、ルイルイ、わたしに何の用がある？」

わたしはルイルイに向き直って、真顔で尋《たず》ねた。

ルイルイは温泉の湯をすくって気持ちよさそうに顔をぬぐうと、それを笑顔《えがお》で受ける。

「温泉に来ただけだけど？」

「そんなはずはなかろう」

一国の王がわざわざお忍《しの》びでこんなところまでくるのだ。わたしのような根っからの温泉好きでもない限り、ありえた話ではない。

よく言えば考えが、悪く言えば、魂胆《こんたん》が、ある。

「そっか、そうだよね、わかっちゃうよね」

「そりゃそうだ」

わたしがそう言うと、ルイルイはしっかりとした口調で切り出した。

「ハンターさんはこの世界をどう思う？」

「この世界？」

「うん」

そうだな……。

「わたしはエルフの郷しか知らんからな。皆《みな》楽しそうに生きているぞ、何やかやとトラブルは抱《かか》えているが、まぁ、それでも暢気に生きている」

わたしの目にはいつもそう映っていた。それは族長オーヘンデックやリリウム、そして棟梁《とうりょう》デリュートさんがそんな風に生きていたからかもしれないが、わたしの目にはそうと

しか映っていない、

「そうだね、エルフは寿命《じゅみょう》が長いし、それに穏《おだ》やかな種族だからね。理想的な暮らしがおくれてるよね」

「ヒューマンは、違うのか？」

わたしがそう言うと、ルイルイは何をはばかることもなく大声で笑った。

「あは、あははは!!　ほんとにそう思ってるの？」

そうだな、それは、確かに。

「人間がエルフみたいに生きられるかどうかを、まさか人間に質問されるとは思わなかったよ」

「確かに、なかなかに難しいな」

「難しい？　いや無理だよ。絶対にね」

ふむ、そうかな。

少なくともエルフの郷にいる今のわたしは、エルフと変わらずにのんびりと生活しているんだがな。

「ねぇハンターさん、王都デラリンをどう思った？」

王都デラリンか……。

わたしは今日、ポマ車の車窓から見た王都の様子を思い出す。

「そうだな、きちんと整備はされていないが、それなりに清潔で落ち着いた街並み。そして、えらく無駄に豪華な割には衛兵が少なく手入れの行き届いていない王宮……ま、愚王《ぐおう》がいるような気はしなかったぞ、会う前からな」

街が整備されておらず雑然と存在しているのは、それを作ったときの王が民に金を回さない王だったから。そして王宮が無駄に豪華なのも同じ理由。

その上で、その雑然とした街が清潔で落ち着いており、その王宮が豪華ながらに質素であるのは……そのあとを継《つ》いだのが賢王《けんおう》の証だ。

「すごいや、やっぱりちがうね」

「違う？　何がだ」

わたしの問いに、ルイルイは嬉《うれ》しそうに答える。

「だってそうじゃないか、たったあれだけ見ただけで、王都の現状をそこまで把握《はあく》できる眼力。そして、魔《ま》の泉として長い間忌避《きひ》されてきたこのヒュデインを、温泉としてここまでの一大温泉街に短期間で作り上げる力」

それは違う。

「この温泉街がこの短期間で出来上がったのは、ここの族長であるオーヘンデック、そしてリリウムや繭玉さん、棟梁デリュートさんの力だ」

わたしはただ、温泉に浸かりながら指示を出しただけだ。

「残念だけど、この世界では謙遜《けんそん》は美徳じゃないよ、ハンターさん」

そんなつもりはない。本気でわたしはそう思っている。が、まぁ話だけでも黙《だま》って最後まで聞くか。

「確かに実際に動いたのはハンターさんじゃない。でもね、全てはハンターさんの人を動かす力がこれを成《な》し遂《と》げたんだ。迷う者を説《と》き伏《ふ》せ、飴《あめ》と鞭《むち》を使って自分の意のままに動かし使う力、それがハンターさんにはある。他人を自らの意思に従わせる力がね、じゃないとこうはならない」

ルイルイの言葉に、今度は繭玉さんが反論する。

「それはちゃうで、主さんはな……」

が、わたしはそれを制した。

「いい、最後まで聞こう」

「せやかて……」

「いいんだ」

わたしは繭玉さんの頭を優《やさ》しくなでると、ルイルイに先を促《うなが》す。

「続けてくれ」

ルイルイは笑って答える。

「ああ、うん。でね、ボクはこの世界を、まだまだ幼い世界だと思ってる。福祉《ふくし》の概念《がいねん》もない、種族間の偏見《へんけん》も当たり前だとされてる。毎日のように罪もない子供たちが死につつある」

温泉ハンターのわたしには見えず、王だからこそ見える現実なのだろうな。

ま、元いた世界にも同じような問題はたくさん転がっていたのだけれど。

「ボクは今まで、それを一人で変えようとしてきた。常識を覆《くつがえ》し、伝統を破壊《はかい》して。でもね、やっぱり一人じゃ無理なんだよ。だから、ハンターさんにはボクの片腕《かたうで》となってこの世界を改革する手伝いをしてほしいんだ」

「断る」

「即答《そくとう》!?」

驚くルイルイに、今度こそしっかりと繭玉さんが答えた。

「ルイルイさんの思いは分かってでんけどな、そんなん無理に決まってるやないか、だいたい主さんに人を従えるなんて力は無いし、その素質もないわ」

そう断言されると癪《しゃく》だが、全くもってその通りだ。

「でも、これだけの……」

「せや、これだけの温泉街を作るのは並大抵《なみたいてい》のこっちゃない、でもなこれ、温泉街やから出来てんねんで」

「温泉街だから？」

「あのな、この主さんは無類の温泉好きで、この世界に飛ばされてしまったその日から、この世界にある温泉を一つでもたくさん見つけ出し、その魅力《みりょく》をこの世界の人間に伝えるためだけに生きてんねん」

ははははは、さすが繭玉さんだな。

「そんな主さんに、温泉に関係ない事なんかさせてみ？　そんなもん、公衆トイレ一つまともに建てれへんわ」

「おい、それは言い過ぎだぞ」

「じゃぁ公衆トイレ建てるのに必要な条件はなんやねん」

「そりゃ、便器があることだ」

「な、これやで？」

わたしとの会話を中断して、ルイルイにそう話しかけると、それを聞いたルイルイが残念そうにわたしを見た。

やめろ、その憐みの視線を、やめろ。

「なんかいろいろ残念だなぁ……いい考えだと思ったんだけどなぁ……」

「すまんな、なんか」

反射的に謝ってしまったが、なんでわたしが謝らねばならんのだ。てか、公衆トイレに便器以外に何がいるというのだ？　そうか温泉を利用した温水のウォシュレットだな！　という思い付きは今は言わない方がいいだろう。

これ以上憐《あわ》れまれては、心が痛い。

「うちの情報員に聞いたとおりの人なんだね、ハンターさんは。温泉好きを装《よそお》った賢者《けんじゃ》ではなく、温泉に関してのみの賢者だったってことか」

「がっかりしているところ悪いが、それはわたしには最高のほめ言葉だ」

「そうなんだろうね」

ルイルイはそう言うと「はぁ、残念だなぁ」ともう一度つぶやき、さらに続けた。

「じゃぁ、温泉絡《がら》みのお願いが一つあるんだけど」

なんだと。

「よし引き受けた」

「まだ何にも言ってへんよ、主さん」

「そうか、で、なんだ」

そんな、わたしと繭玉さんのやり取りに、ルイルイは苦笑《くしょう》する。

「もう、真面目《まじめ》に聞いてよ。えっとね、実は……」

ルイルイはそう言うと、非常に魅力的《みりょくてき》な頼《たの》みごとをわたしに話した。

「それは……楽しそうだな」

自然と湧《わ》き上がる笑み。身体がうずうずする。

「でしょ、引き受けてくれたらハンターさんに商権特務官の地位をあげるよ」

「なんだそれは？」

「簡単に言うと、ハンターさんの一存で街道《かいどう》商権を設定できるってやつかな」

なんと、じゃぁ。

「族長会議無しに、エルフに街道商権が手に入るという事か？」

「そうなるね」

わたしは繭玉さんを持ち上げてこちらを向かせると、その顔を覗《のぞ》き込んだ。

「どうやら決まったようだな」

繭玉さんも、にやにやとわたしを見ている。

「せやな、新しい挑戦《ちょうせん》の始まりやな」

温泉街はできた。温泉の良さも十分エルフには伝えた。名物もしっかりそろったし懸案《けんあん》の街道商権も今手に入った。今後の事は族長オーヘンデックと棟梁デリュートさんに任せておけば問題ない。

もうわたしにエルフの郷でやることはない。そして、別の場所でやることが、今、できた。

「いっちょやったりますか、主さん」

「だな繭玉さん」

そう言ってわたしは繭玉さんに手を差し出すと、繭玉さんは、すべてを理解してその手をがっちりとつかんだ。

「気合い入れていくぞ」

「まかせとき」

わたしと繭玉さんがそう誓《ちか》いを立てたその時、遠くの茂《しげ》みから『くちん』とくしゃみが聞こえた。

「ねぇ、お話はまだですの？ 風邪《かぜ》ひいてしまいそうですわ」

その声に、わたしも繭玉さんも、そしてルイルイも。

声を上げて、わらった。

効能その十二　最後の夜と旅立ちの朝

「はぁぁ、よいですなぁ、オンセンマンジュウ3世様」

「ですなぁ棟梁」

「しかし、何というか、その、私にはちょっと刺激《しげき》が強いものですな」

「はっはっは、棟梁、慣れですよ、慣れ」

エルフの郷、黒湯。

つい最近、族長オーヘンデックの独断でハンターの湯と名付けられたこの温泉に今日は大勢が集まっている。そう、今日この夜は、このハンターの湯において、ここを旅立つわたしと繭玉《まゆだま》さん、そしてリリウムの送別会の二次会が行われている最中なのである。

一次会は有言十支族《ゆうげんじゆっしぞく》王も参加した式典。盛大で豪華《ごうか》で、すこぶる退屈《たいくつ》な儀式《ぎしき》だったのだが、そのおかげで温泉の湯が身にしみる。

二次会の参加者は、わたしと繭玉さんそしてリリウムの送られる側三人。そして、送る側として族長オーヘンデックと棟梁デリュートさん。さらに、一次会のあと帰ることもなく居残った有言十支族王ルイルイと小町も何食わぬ顔で参加している。

で、その結果、棟梁は自分とわたし以外みな女。そんなめったにない環境《かんきょう》に緊張《きんちょう》しきりなのである、が。

さらにもう一人ガッチガチに固まっている奴《やつ》がいる。そう、小町《こまち》だ。

今日、この送別会の場所を黒湯にしたのも、小町があまりに恥ずかしがるので、この色のお湯なら見えないという理由なのである、が。

「せんぱーい、ほんまいつみても綺麗《きれい》な身体してはりますねー」

そんな小町を、先程からルイルイとの謁見《えっけん》のときの仕返しとばかりに繭玉さんがいじっている。

謁見の日の夜、個人的に聞き出したところ、繭玉さんがあこがれる金色の狐《きつね》とはどうやら小町の事らしい。金色の狐として生まれ、お稲荷様のお使い姫をする中で白狐《びゃっこ》に変じた小町は、白銀の長髪《ちょうはつ》に金の耳と尻尾《しっぽ》という繭玉さんのあこがれを集めたような容姿をしている。

スタイルは抜群《ばつぐん》。いわゆるモデル体型で胸はさほど大きくはないがエルフの引き締《し》まった身体に似て、その上手足が長く身長が高い。

そして、なにより、肌《はだ》が作り物のように白く美しいのだ。

「ですよね！　繭玉様の先輩《せんぱい》にふさわしい、綺麗な身体ですよね！」

リリウムもしきりに小町の体を触《さわ》っている。

「や、や、やめて、おやめになってお二人とも」

で、小町は、そんな感じで先程《さきほど》からひょいひょいしている。

そんな中、族長オーヘンデックと有言十支族王ルイルイは商売の話で大盛《も》り上がりだ。

「エルフの長オーヘンデック、昨日稲荷湯であの白百合《しらゆり》石鹸《せっけん》を使ってみたけど、あれはいいね。あれ、百個ほど王城に納入してくれない？」

「ええ、もちろんでございます、ルイルイ様。しかし一気に大量より、入り用の際にその都度の方がよいかと思います」

「え。あれ腐《くさ》るの？」

「いえいえ腐敗《ふはい》は致《いた》しませんが、技術は革新するものです」

「はっはぁ、なるほど、わかったエルフの長よ、任せた！」

「毎度あり……いえ、かしこまりました。おおせのままに」

どうやら商売は順調のようである。いや、何よりだ。

わたしはそれぞれの様子を個別に見つめ、そして今度は温泉の全体を鷹揚《おうよう》に眺《なが》めた。

深い森の中、今を盛《さか》りと咲《さ》き誇《ほこ》る若き乙女《おとめ》の肢体《したい》が、月の灯《あか》りに照らされて輝《かがや》き、そし

て湯けむりの織り成すもやの中で神秘的に霞《かす》んでいる。

「夢の世界のようですな」

棟梁デリュートさんが、わたしと同じものを見ていたのか、同じような感想を述べる。

「ですな、本当に美しい、まさに一枚の絵画のようだ」

「まさしくまさしく」

そう言うと棟梁デリュートさんは頭の後ろにおいてあった洗面器の中から小さな瓶《びん》を取り出した。

「どうです、蜂蜜《はちみつ》酒」

「温泉内での飲酒は厳禁……という人もいますが、わたしの温泉道ではたしなむ程度はOKです」

最近、浴槽《よくそう》内での飲酒を禁じるところが増えてきたが、その理由は酔《よ》っぱらって溺《おぼ》れたり、心臓や脳の病気を誘発《ゆうはつ》するという理由だ。しかし、健康な成人がちょっとほんのり顔を赤らめる程度なら、何の問題もない。

そもそも、温泉で泥酔《でいすい》するような無粋《ぶすい》な人間は最初から温泉道から外れているし、飲んで倒《たお》れるのは自己責任だ。

「そうですか、それはよかった、では、おさきにどうぞ」

「ああ、これはこれは、すいませんな」

棟梁が、まずわたしに小瓶《こびん》を差し出す。

日本酒でないのが残念だが、まぁ仕方ない。

とはいえ、この蜂蜜酒も、こっちに来てから始めて飲んだのだが、蜂蜜酒という名前とは裏腹にベタ付きもせずスッキリして美味《うま》いものだ。

「ぷはぁ、うまいですなぁぁ、棟梁」

棟梁に小瓶を返す、と、棟梁も一口ぐびりと飲んだ。

「くはぁ、そうですな。美味い酒、いい女、そして最高の温泉。人間が生きている間に感じる事の出来る最高の仕合せの一つですね」

そう言うと棟梁は、酒の余韻《よいん》と温泉の柔《やわ》らかな温《ぬく》もりを堪能《たんのう》するようにゆっくりと瞳《ひとみ》を閉じた。

わたしには、全くもってそのけはないのだが、こうすっきりとしたイケメンが月明かりに照らされて目を閉じている様は、女の人が見たらたまらんのだろうな、と正直思う。

が、わたしには何の感慨《かんがい》も生まれないので、同じく瞳を閉じた。

酒と温泉で火照《ほて》った頬《ほお》を、エルフの森の涼《すず》やかで心地《ここち》よい風が撫《な》ぜて通り過ぎる。すぐそこにいるはずなのに、みんなの声がどこか遠くで聞こえるような気がする。

なのに、よく聞こえる。聞きなれた、心落ち着く声達《たち》が。

藺玉さんが今、大きく息を吐《は》いた。

リリウムが笑っている。

族長オーヘンデックは何かに驚いたのか、驚嘆《きょうたん》の声を小さく上げた。

小町はやっと落ち着いたのかリラックスの吐息《といき》を漏《も》らし、ルイルイはのんきに口笛を吹《ふ》いている。

「オンセンマンジュウ3世様」

隣《となり》で棟梁デリュートさんが独り言をつぶやくように話しかける。

「なんですかな?」

わたしもまた、瞳を閉じたまま中空に話しかけるように答えた。

「あなたが来られて、そろそろちょうど一年になります」

ああ、そうか、こっちの一年は前の世界の三か月。短いようだが、それなりに長い時間を過ごしてきたのだな。

「そう、ですな」

「たったそれだけの時間で、なんともこのエルフの郷《さと》は様変わりした」

たしかに、そうだ。

棟梁デリュートさんいわく「それほどエルフにとってオンセンマンジュウ3世様の描《えが》かれた未来の様子が魅力的だったのですよ」と、いう事らしいが、棟梁デリュートさん総指揮の下、素晴《すば》らしい商店街と素晴らしい旅館がエルフたちの不断の努力によって瞬《また》く間《ま》に出来上がってしまった。

それはそれは、素晴らしい働きぶりであった。

「ええ、本当に、ここまで早いとは正直思いませんでしたな」

「実は、ここだけの話、棟梁でありながらこういうのもなんですが、私にとっても予想外でした」

「ほぉ、というと?」

「エルフはもともと進歩や革新を嫌《きら》い停滞《ていたい》と伝統を重んじます。寿命をほとんど意識しない私たちにとって、革新のもたらす変化より、むしろ停滞のもたらす安心感の方が重要なのですから」

なるほど、頷《うなず》ける話だ。

「ですから私は、この温泉街計画も、どこかで郷のみんなが拒絶《きょぜつ》するだろうと踏《ふ》んでいました。そしてその都度説得し、実際それに一番時間を取られると思っていた。しかし、そんなことは全くなかった」

「温泉の魅力ですな」

「いえ、オンセンマンジュウ3世様の人徳です」

「よしてくれ」

わたしはただの温泉馬鹿だ。そんな風に言われるような人間じゃない。

「何度も言うがわたしは何もしてはいないよ、皆エルフの働きによるものだ」

実際、間違ってはいない。

例えば、今、エルフの郷では当たり前にエルフたちが石鹸《せっけん》を使っている。これは「まずはエルフから」という族長オーヘンデックの考えで、全世帯に無償《むしょう》で石鹸が配られたからだ。

これによってエルフの郷に、公衆衛生という概念が生まれた。

しかしそれも、確かに石鹸を発案したのはわたしだが、結局はリリウムの頑張《がんば》りや族長オーヘンデックの懐の深さ、リーダーとしての器の大きさがそこまで発展させたもの。わたしはただ取っ掛《か》かりをしゃべっただけだ。

これまた最近、エルフの間で流行《はや》りはじめた畳《たたみ》やふすまなどの建材もそう。

わたしがしたことは、温泉旅館に畳やふすまがないのはいかがなものか。というわたしの個人的なこだわりを口走ったまで。あとは棟梁デリュートさんを筆頭にエルフの職人が頑張ったおかげ。

茶や山芋《やまいも》、生糸《きいと》や浴衣《ゆかた》もそうだ。

きっとこれからエルフの郷の重要産品に育っていくだろうが、これも温泉街に土産《みやげ》がないと寂《さび》しいなぁというわたしのくだらん思い付きだ。この先の発展に、わたしは何も寄与《きよ》しない。

「わたしは、初めにちょっと口を出しただけ、なあんにもしてないのだよ」

そう言うと、棟梁デリュートさんは小さく微笑《ほほえ》んで、意味不明な言葉を口走った。

「レイレミント・デサンス・イヌーマ」

「エルフの古語ですか？」

「ええ、森の一滴《ひとしずく》は大河を生むという意味です」

ほぉ。

「どんな大きな河であろうと、最初の一滴が滴《したた》り落ちなければ産まれることはなかった。そういう意味です、そして」

そう言うと棟梁デリュートは、わたしの方に向き直り、深々と頭を下げた。

「あなたは間違いなく、この西のエルフにとって森の一滴でした。なんとお礼を言っていいのか、言葉もありません」

よしてくれ、そういうのは苦手なんだ。

わたしが照れて頭をかいたそのとき、後ろから突如《とつじょ》声がした。

「そうですね、棟梁の言う通りです」

背後からの声に振《ふ》り向くと、そこには族長オーヘンデックが笑いながら座《すわ》っていた。

「なんだろうな、わたしのイメージでは、あなたはいつも突然《とつぜん》背後にいる気がする」

「そうですね、確かにそうでした。きっと狩猟《しゆりよう》民族の性《さが》なのでしょう」

族長オーヘンデックは、そう言うと小さくつぶやいた。

「とらえ損《そこ》ねてしまいましたけどね、大きな獲物《えもの》を」

「ん？　どういう事だ？」

わたしが問い返すと、族長オーヘンデックは「何でもないですよ」と小さく笑い、肌が触《ふ》れるほど間近に並んで座った。

いつの間にか棟梁デリュートは姿を消している。

立ち込める湯気で、二人きりになったような心地がした。

「私は、ハンター様にお願いがたくさんあったのです」

しばしの沈黙《ちんもく》の後、族長オーヘンデックはゆっくりと話し始めた。

「リリウムの事、これからのエルフの郷の事、貿易の事、銭湯の経営の事、温泉街の未来の展望……。でも、そのどれをとっても、その間、ハンター様を引き留めたくなるようなことばかりでした」

そうか、すまぬな族長オーヘンデック。

「だから、一つだけ最後にお願いを聞いていただけますか？」

ああ、もちろんだ、受けた恩義を思えば、願いくらい聞いてやるさ。

「ああ、かまわんよ」

「ありがとうございます」

そう言うと、族長オーヘンデックは湯の中でわたしの手を握《にぎ》った。

「目を、閉じてもらえますか？」

ん？　そんなことか。

わたしは言われるがままに瞳を閉じる。と、次の瞬間《しゅんかん》、族長オーヘンデックの柔らかな唇《くちびる》が、わたしの唇に重なった。

「んっ……」

うろたえて、吐息がもれる。とっさに、身体が距離《きょり》を取ろうとする。しかし族長オーヘンデックは強引《ごういん》に唇を押《お》し付けて逃《に》げるわたしを制した。

静かに感じる、初めての感触《かんしょく》。

きっと、それは数秒の事。

しかし、わたしには数十分というほどに、長く感じられた。

「ぷはぁ」

小さく息を漏らして、族長オーヘンデックは唇を離《はな》す。

わたしは、何も言えずに固まっていた。

「ハンター様が、初めてこの世界で一緒《いっしょ》に温泉に入ったのが繭玉様で、初めて出会ったこの世界のエルフがリリウムで、私だけ何もなかったのが悔《くや》しかったのです」

そう言うと族長オーヘンデックは、やや乱暴に顔に湯をかけた。

「はぁ、これは照れるものですね」

「う、うむ、たしかにな。ちなみに、キス自体わたしには初めての事だよ、族長オーヘンデック」

「そうですか、わたしもですよ、ハンター様。子供のころからずっと族長の娘《むすめ》として、厳しく忙《いそが》しく生きてきた私にとっても」

そうか、それは光栄だ。

わたしはゆっくりと空を見た。中天に輝く月は今まで見たことがないほどに美しく輝き、いっそまぶしいほどだ。

「ハンター様」

「なんだ？」

「どうかこのエルフの郷の事、忘れないでください」

馬鹿なことを。

「忘れるわけがないだろう、ここには、その……、初めてキスした人がいるのだからな」

そう言ってわたしは、震《ふる》える手で、族長オーヘンデックの裸の肩《かた》をそっと抱《だ》き寄せた。

族長オーヘンデックは少しビクリとし、それでも、そのままわたしの肩に頭を預ける。

「私も忘れません」

ああ、きっと覚えていてくれ。

「なぁ族長オーヘンデック」

「はい」

「今まで、ありがとう」

「はい」

本当に、本当にありがとう。

明日わたしは、ここを発《た》つ。

「旅の無事、お祈《いの》りしております」

族長オーヘンデックは静かに瞳を閉じ、もう何も言う事はなかった。

わたしは、帰ってきてくださいと言わない族長オーヘンデックの想《おも》いに心で感謝し、その肩を一層強く抱き寄せる。

そのぬくもりを忘れないように。

いつでも、懐《なつ》かしく思い出せるように。

強く、力の限りに、強く。

こうして、エルフの郷の最後の夜は更《ふ》けていった。


「おお、リリウムか、早いな」

「あ、ご主人様こそ、もう朝風呂《あさぶろ》ですか?」

「うむ」

まだ夜が明けてすぐ、いわゆるしらしら明けの時分から繭玉山荘《さんそう》の内湯につかっていると、リリウムが手ぬぐいを肩にかけて入ってきた。

湯に浸《つ》かるまでは、前を隠《かく》しても問題ないのだが、おっさんだなまるで。

「ちょっと失礼しますね」

身体をざっと洗い、リリウムが何の躊躇《ちゅうちょ》もなく湯船に浸かる。

ここが出来て以来ずっと一緒に住んでいるだけあって、今更遠慮《いまさらえんりょ》も照れもないのだ。わざわざ誘《さそ》いあわせて入ったことはないが、こうしてたまたま出くわすときは、もう何度もあった。

それくらい、ここの生活に、わたしもリリウムも慣れ切っているのだ。

それだけに。

「やっぱりこのお風呂《ふろ》が一番気持ちいいなぁ」

「そうだな」

効能より泉質より、慣れ親しむという事が一番重要なのかもしれない。わたしの温泉道の新発見に、また一つ項目《こうもく》が加わるかもしれんな。

「ふぅぅ、おちつくなぁ」

そんな風に言葉少なに会話を交《か》わすと、感慨深《かんがいぶか》げにため息を漏らして、リリウムは湯船にもたれて目を閉じる。

「ここで二度寝《にどね》はするなよ」

「大丈夫《だいじょうぶ》ですよ」

またしても言葉少なに会話を交わす。

そして、わたしもまた湯船にもたれて目を閉じた。

クスノキの少し刺激的《しげきてき》で、それでいて爽快《そうかい》な香りが鼻腔《びこう》をくすぐる。もう何度も味わったクスノキ風呂ではあるが、やはり何度入っても自然の織り成す奇跡《きせき》を思って感動を覚える。

壁《かべ》から出た樋《とい》を通って落ちる湯の水音が心地よい。

いかん、これはわたしでも寝《ね》てしまいそうだ。

「ねぇご主人様」

リリウムが眠《ねむ》そうな声で話しかける、おかげで、眠気《ねむけ》からやや解放された。

「なんだ」

「こないだみたいに、足の間に入っていいですか？」

なんで皆《みな》ここが好きなのだろうか。

「かまわんが、やめておいた方がいいぞ」

「なんでです？」

「もうそろそろだと、思うんだ」

「だから、なにがです？」

と、リリウムが聞き返すと同時に、湯殿《ゆどの》に繭玉さんが入ってきた。

「なんや、もう勢ぞろいしてんねんな」

その声を聴《き》いて、リリウムは苦笑した。

「もうちょっとゆっくり来てもよかったのに」

「なんや、うちを仲間外れにする気か」

と、言いあいながらも、二人はいつも笑顔《えがお》である。

最近この二人、友人というよりはむしろ姉妹《しまい》のような感じでじゃれ合っている。そうなると、わたしは父親……ううむ、まぁリリウムが十七だとすると十八の時に娘が出来ていたらありうるのだから、まんざら間違《まちが》ってはいないが。

その少女に貞操《ていそう》を狙《ねら》われている現状、複雑な気分ではある。

「ちょっと失礼するで」

そんなことを考えていると、藺玉さんがさっと身体を洗って湯船に入り、そしてものすごく自然にわたしの足の間に割り込もうとした、その時だ。

「ちょ、なにすんねん！」

リリウムが藺玉さんを持ち上げて自分の足の間に沈《しず》めた。

「ああ、これもまたいいですねぇ」

「なんや？　なんや？」

「いやですね、先日ご主人様の足の間に入ってたらすごく気持ちよくて」

「ああ、せや、なんかあそこは落ち着くねん」

「だったら足の間に挟《はさ》んでも落ち着くんじゃないかと」

「で、どやねん」

「ありですね」

うむ、それで事態の収拾《しゅうしゅう》がつくなら別にわたしとしてはそれでもかまわん。好きに入ればいい、少しだけ寂しい気もするのだけれどな。

「ああ、でもこれは確かにええわ、主さんとちごて、枕《まくら》あるしな」

「姉さまならもっと良いまくらなんですけどね」

「ああ、確かに、でも、なんや落ち込むからこれくらいがええわ」

自在に変身できて、その気になればクルンと一回転でボンキュッボンにもなれる繭玉さんは、なぜか人一倍胸の大きさを気にしている。

「で、ですね、こっからが重要なんですが」

そう言うとリリウムは、器用に繭玉さんを足に挟んだまま移動すると、わたしの前に近づいてきた。

「おいおい、何するんだ……」

そして、そのままわたしの足を強引にこじ開けると、繭玉さんを挟んだままわたしの足の間に収まる。

「これで完成です」

「おおお、なんや親亀《おやがめ》の背中にみたいやな」

「なんですか？　それ」

「しらんならええねん」

よくないぞ、さすがにこれは、わたしが窮屈《きゅうくつ》だ。

「リリウム、これはわたしが重すぎると思わんか？」

「今日だけです、我慢《がまん》してください」

絶対違《ちが》うだろお前。と、言いかけたが、まぁ今日ぐらいは我慢してやるか。

もうこの風呂に入ることも、きっと、ないのだ。

「しっかし、今日で最後なんやな、ここに入るのも」

なんとなく避《さ》けてきた話題を、繭玉さんはそれほど気にも留《と》めずに口にした。そして、少し苛立《いらだ》たしげに続ける。

「ほんま、ふたりしてなんやいつもと違う微妙《びみょう》なテンション作ってからに、ああ、こそばゆい。あんな、こゆ時は全力で名残《なごり》を惜《お》しむもんや」

確かに、繭玉さんの言う通りかもしれんな。

しかし、とはいえ、何かそれっぽいことを口にすると一気に心が沈み込むような気がして、わたしは当たり障《さわ》りのない会話を選んだ。

「そう言えばリリウム、オーヘンデックは今日はどうした」

もしかしたら、朝からここに来るかもしれない。一緒に、この湯に入ろうとするかもしれない。そんな風に思っていたのだが。

「ああ、そういえば、今日は仕事が忙しいから見送りには行けないって昨日言ってました」

そうか、それは……残念だな。

「なんか昨日打ち上げ終わってからずっと様子おかしくて、体調悪いのかなって心配なんですよ」

「ああ、それな、気にせんでええで」

「へ？　なんでですか？」

リリウムにそう問われて、繭玉さんはにやけた顔でわたしを見た。

「族長さんはな、主さんに乙女の純潔を汚《けが》されてしもてな」

おい！　そんな覚えはないぞ！

てか見てたのか、繭玉さん。

「な！　本当ですかご主人様!!」

「ち、違う！　キスしただけだ!!」

「姉さまともしたんですか？？」

「ちょ、なんや姉さまともて、もてなんや？」

気が付くと、三人とも湯船のなかで立ち上がっていた。

そして、互《たが》いに顔を見合わせて、声をそろえて、わらった。

「ふっ、ほんとうに、馬鹿だなお前たちは」

「なにゆうてんねん、主さんが一番あほや」

「ですね、繭玉様の言うとおりです」

そんなわけはない。

わたしはそんな風に思いながらも「うるさいほっとけ」と小さくつぶやいて、ふたたび湯船に座る。そして今度は自分から足を開いた。それを見て、少し微笑みながらリリウムがそこに座り、そしてその前に繭玉さんが座る。

「きっとこれから大変な事が目白押《めじろお》しや」

ああ、そうだな。

「でも、どんな時でも、こんな風に三人で仲良う温泉に浸かっとれるようにしたいな」

「そうだな本当に。二人にはこれからも世話になる。よろしく頼む」

わたしがしみじみとそう言うと、リリウムは藺玉さんを強く抱きしめた。

「私と藺玉様がいれば大丈夫です！」

そして、そのままわたしの身体にもたれかかった。

「それに、ご主人様が加われば無敵です」

「せやな、無敵や」

わかってるさ。

わたしはこの世界に連れてきてくれた小さな相棒と、そしてこれからもわたしをずっと支えてくれるであろう美しいエルフを交互《こうご》に見つめ、そして二人同時に抱きしめた。

「ちょ、主さんくるしいわ」

「ですよ、ご主人様」

言いながらも、二人とも笑っている。そして、この笑顔の為《ため》に、わたしはどんなことでもやっていこうと、心に誓った。

この優《やさ》しい空気に包まれたエルフの郷を離れても。

この二人を守りながら、この二人の為に、わたしは頑張らねばならない。

「これからもきっと、きっと、うまくいく。わたしに任せておけ、きっとうまくいかせてみせる」

わたしは、そう口にして、何度も頷く。

すると突然、繭玉さんがリリウムの足の間で反転すると、肩越《かたご》しにわたしを見つめ、そして「といやっ！」と、何となく古臭《ふるくさ》い掛け声《ごえ》とともにわたしの額にチョップした。

「な、なにをする！」

わたしがそう言うと、繭玉さんは微笑みながらもあきれ顔で答えた。

「あのな、主さん、新しい出発を前に緊張するのはかまへんけど、主さんそういうキャラちゃうやろ」

そ、そうか？

すると、今度はリリウムが「えいやっ」という掛け声とともに、エルボーをくらわせた。

「ご、ごはっ」

痛みがシャレになってない。

「そうですよ、別にご主人様がわたしたちを引率《いんそつ》するわけじゃないんですから」

わたしは、結構本格的に痛かったわき腹をさすりながら、繭玉さんの顔を見た。すると繭玉さんは、わたしの頭をそっとなぜ、そして優しく語りかけた。

「うちらが主さんを頼《たよ》りにしてるのはな、なにも主さんになんかしてもらおうってことちゃうねんよ」

と、それにリリウムが続く。

「そうですよ、別に私も藺玉様も自分の事は自分で出来ますし、それに普段《ふだん》の生活に関しては私達がご主人様を支える仕事なんですから」

で、では、わたしは何を……。

「主さんはな、この世界で何をしたかってん？」

藺玉さんは、今度は真剣《しんけん》なまなざしでわたしを見つめる。

「何をしたくて今から旅立つねん？」

そしてそのままわたしの頬をつねって引っ張った。

「王さんの要望の為か？　エルフの郷の為か？　それとも……」

そう言って藺玉さんは、わたしの頬をつねったまま睨《にら》みつける。

「うちやリリウムの面倒《めんどう》見るためか？」

そんな藺玉さんの真剣なまなざしに、わたしは、自分の心がいかに凝《こ》っていたのかに気付かされる。この慣れ親しんだエルフの郷を離れ、二度と会えぬかもしれない人達を思い。

そして、わたしについてきてくれるふたりの事を思って、いかに固くなってしまっていたのかを。

いかに、自分を見失っていたのかを、だ。

「うちらはな、主さんに何かしてもらいたいんやない。主さんに付いて行くのが楽しそうやから行くだけや」

あああ、馬鹿みたいだな、わたしは。

「でもな、主さんが楽しそうやなかったら、うちらだって楽しないねんで」

繭玉さんの言う通りだ、一番のあほは、わたしだ。

つい、一瞬《いっしゅん》前まではな。

「ええい、痛いわこの狐！」

わたしはそう言うと、頬をつねる繭玉さんの手を払《はら》いのけた。

「貴様は何の愚問《ぐもん》をこのわたしに投げかけておるのだ。わたしの名前は湯《ゆ》川好蔵《かわこうぞう》、またの名を温泉饅頭《おんせんまんじゅう》3世《せい》、人呼んで孤高《ここう》の温泉ハンターだぞ！　わたしが旅に出る目的？　そんなもの決まっておるそれは……」

わたしはもう一度、二人の身体を力強く抱きしめた。

「……それは、新たな温泉がわたしを待っているからに決まっておるであろう」

そうだ、それ以外にあってたまるか！

温泉こそ我《わ》が人生、温泉道こそわたしの進む唯一《ゆいいつ》の道!!

「ついてきたければ来るがいい、これからもお前たち二人に温泉道の神髄《しんずい》を叩《たた》きこんでやる！」

わたしがそう叫《さけ》ぶように宣言すると、繭玉さんはにやりと笑い、そして同じように大声で叫んだ。

「望むところや、どこまでだってついてったるわ！　あとな、わたしは繭玉さんや！」

そしてこれに、リリウムが続いた。

「当たり前です、私にだって私の野望があるんですから！　絶対にはなれませんからね!!」

そうだ、しっかりついて来い！

「三人で、まだ見ぬ新たな温泉を味わい尽《つ》くすぞ！」

「合点《がってん》や！」

「了解《りようかい》です!!」

慣れ親しんだ繭玉山荘の内湯に、三人の声が響《ひび》く。

最後の思い出を、その隅々《すみずみ》にまで刻み込むように。

「よしっ！　ではそろそろ出発と行くか！」

わたしはそう気合を入れて、立ち上がった。

もう、寂しさも、迷いも、わたしの心にはない。

あるのはただ、まだ見ぬ温泉への胸が焼けつくような熱い期待だけだ。
堪能した温泉に別れを告げ、新たな温泉を目指して突《つ》き進《すす》む。
これこそわたしの。
温泉道だ。

さらばエルフの郷。いいお湯だったぞ。

エルフの湯『湯上がり』それぞれの名のもとに

一、リューダ

私の名前はリューダ。

エルフの郷でお土産物屋《みやげものや》を経営している、今年で八十歳《さい》になるこれと言って取り柄《え》もなにもない、そんな女。人より優《すぐ》れているものと言えば、ほんのちょっとお料理が上手なことくらいで、魔法《まほう》と狩猟がいい女の条件になっているエルフの郷では、うん、やっぱり取り柄のない女、かな。

でも、まあ、困ったことはないんだけどね。

「リューダ！　白百合《しらゆり》石鹸《せっけん》の追加どうなったの？」

中で働くマーメおばさんが怒鳴《どな》る。

一応わたしが経営者で、おばさんは従業員なんだけど、マーメおばさんはエルフの族長オーヘンデック様の乳母《うば》と縁続《えんつづ》きらしくて、いつもあんな感じで威張《いば》ってる。ま、それも、私にとっては日常だから、なんてことはない。

「お昼過ぎに入るって、昨日言ったでしょ」

「それじゃ遅《おそ》いんだよ、まったく」

「仕方ないじゃない、あれいちばん人気なんだから」

「だいたい、こんな訳のわからない乾燥《かんそう》きのこの粉末なんか売ってるからこんなことになるんだよ」

カチンッ！

マーメおばさんの一言に、一瞬イラッとする。

たしかに、乾燥きのこ、全然売れない。

でも、試《ため》しに料理に使ってみて、これがどれくらいすぐれものなのか、私には痛いほどよくわかっているのだ。なにせ、沸《わ》かしたお湯にこの粉末を入れるだけでただのお湯が絶品のスープに変わってしまうすぐれもの。ちょっと塩味を足しただけで、お客様にだって出せる。

ふかしたお芋《いも》にかけても美味《おい》しいし、お肉を焼くときにちょっとふりかけただけでもグンと味が高級になる。

それに何より。

「マーメ、ハンター様の開発した商品をそんなふうに言ってはだめよ」

そう、これは、西のエルフの恩人ハンター様が開発されたもの。

たった一度だけお話をしたことがあるけれど、優しくて、誠実で、そして何より笑顔の可愛《かわい》らしいお方だった。エルフみたいに整ったお顔立ちではなかったけど、表情ににじみ出る人の良さが心地《ここち》よい人だった。

「温泉街を発展させるには、土産物屋の存在は欠かせないのだ」

温泉街で土産物屋を始めた商店主を集めて、真剣な顔でそうおっしゃっていたハンター様の顔。異世界からこられた、エルフにとって見ず知らずのヒューマンでしかないのに、その真剣な顔は、今でも忘れられない。

救世主だ、そう思った。

「別にハンター様をバカにしたわけじゃない、この乾燥きのこがだめだってだけじゃないか」

「おなじことよ」

「ふん、すきにするといいさ」

マーメおばさんは、そういって店の奥《おく》に入っていく。

ああなったら最後、気が落ち着くまではまったく戦力にならない。

まあ、私としては、断るに断れない親戚《しんせき》関係の中で仕方なく雇《やと》っている人だから、なにもしないでいてくれるくらいが丁度いいのだけれど。なにもしない人にお給料を払うのだけは、ちょっとだけしゃくかな。

と、そのとき、一人の旅人が声をかけてきた。

「このきのこの粉末、コレは一体なんだい？」

見ると、どうやら旅の商人。

その長い鱗《うろこ》のある尻尾《しっぽ》から見るに、ドラゴニュートの旅商人《たびあきんど》のようだった。

「あ、コレですか、少々お待ち下さい！」

聞いた話によると、ドラゴニュートの旅商人は世界をめぐる。

今ここで、ハンター様の乾燥きのこ粉末を宣伝することができれば、その偉業《いぎょう》はきっと世界に轟《とどろ》くはずだ。

私は、急いで店の奥に行くと、なけなしの弱い魔力《まりょく》でお湯を沸かす。

「お、おまたせしました」

「ああ、慌《あわ》てなくてもいい、急ぐ旅ではない」

ドラゴニュートの商人は渋《しぶ》い声でそう言うと「ここいいかな？」と店先の切り株を指差す。

「ええもちろん、おかけになってお待ち下さい」

私はそう答えて、乾燥きのこの粉末と木のお椀《わん》、そしてお湯を持ってドラゴニュートの商人の前にある台においた。

「これ、お湯です」

「うむ、匂《にお》いでわかる」

さすがドラゴニュート。

有言十支族の中でも、最高の感覚器官を持っていると言われるだけのことはあるわね。

でも、鼻ってどこなのかしら。

ま、いっか。

「このお椀、なにも入ってませんよね？」

「ふっ、手品でも始めるつもりか？」

「ええ、ある意味魔法ですよ」

言いながら私は、お椀の中に乾燥きのこの粉末をサラサラと振り入れる。

「これ、お塩です」

「うむ」

続けて、店頭においてあるお塩を一振《ひとふ》り。

「これにお湯を注ぎます」

そして最後にお湯を注ぐ。

「ほぉ、コレは……」

立ち上る湯気に、ドラゴニュートの商人は感嘆《かんたん》のため息を漏《も》らした。

「いい匂いですよね」

「ああ、正直驚《おどろ》いた」

ドラゴニュートの商人は、ドラゴニュートにしかない瞬膜《しゅんまく》をパチクリさせてそう言うと、私の手元を覗《のぞ》き込んでくる。

どんなに覗いたって、タネも仕掛《しか》けもないんですけどね。

「どうぞ、飲んでみてください」

「なに？　それだけか？」

「はい、完成です」

私がそう言って椀を差し出すと、ドラゴニュートの商人は少し訝《いぶか》しげな表情でそれを受け取り、もう一度その匂いをかいだ。

「きのこ、だが、こんな香りの強いきのこは……」

「はい、驚いちゃいますよね。でも、乾《かわ》かしてあるだけなんですよ、実際」

「それだけか？　なにか他のことをしているのではないのか？」

「はい、それだけです」

答えたあとで、言って良かったのかしら？　とも思ったけど、まあいい。

良いものは分け合う、教え合う。

ハンター様が残してくれた、エルフの郷《さと》の教訓だ。

「では、いただこう」

「どうぞ」

私の目の前で、ドラゴニュートの商人がゆっくりとスープを啜《すす》る。

そして、ブルリと体を震わせた。

「うまいな、これは！」

「ですよね！」

やった、やっと共感してくれる人がいた！

「ああ、うまい。鼻腔くすぐるきのこの鮮烈《せんれつ》でいて滋味《じみ》深い香り。しかし何よりすごいのは、舌全体を包み込むかのような、強烈《きょうれつ》でいて、なのに上品かつ優しいこの濃厚《のうこう》な旨《うま》さ」

ドラゴニュートの商人はそう言って一気に汁《しる》を飲み干すと、長い舌でペロペロと器をなめた。

「あ、すまぬ、行儀《ぎょうぎ》が良くなかったな」

「いいえ、気持ちは良く分かります」

私だって、舐《な》めたくなっちゃうもんね、これ。

「湯を注いで塩味を足すだけでこの旨さ、しかも、この手軽さ」

ドラゴニュートの商人は、乾燥きのこの袋《ふくろ》をまじまじと見つめながら「ホォー」っと長い溜息《ためいき》をついた。

「スープだけではない、これは料理の歴史が変わる」

ええええ、それはちょっと大袈裟《おおげさ》かな。

なんて思いながらも、まるで、見ず知らずの異国の人にハンター様が褒《ほ》められているような気がして、私は自分のことのように鼻が高かった。と、ドラゴニュートの商人が突然《とつぜん》真剣《しんけん》な眼差《まなざ》しで詰《つ》め寄ってきた。

「どれだけ売ってもらえる」

「へ？」

「あるだけ言い値で買おう、どれだけ出せる」

「え、えっと、それは……」

ドラゴニュートの商人。

彼《かれ》らは、商人によっては店先にドラゴニュートの置物を飾《かざ》っている人がいるほどに、商売の神とも言うべき扱《あつか》いを受けている存在。その理由は、価値を踏《ふ》み間違えない確実な眼力と欲《ほ》しい物にはいくらでもカネをつぎ込むことのできる財力にある。そんなドラゴニュートの商人がいま、私の店で「言い値であるだけ買う」そう言っているのだ。

まさに神の啓示《けいじ》。人生の転機。幸運の予兆。

でも、きっと。

「まとめてお買い求めになるなら、族長に言うと良いですよ」

これが正解。

「なに？」

「これはハンター様、えっとオンセンマンジュウ3世様という聖人がエルフの郷の発展のために残していってくれたもの。だから、私の一存で大量に販売《はんばい》なんかできません。それに、私から買うより、エルフの郷から直接買うほうが間違いなくお安いですよ」

ハンター様は、温泉街の発展を第一に考えてくださった人。

だから、そんなハンター様が残していってくださったものは、私の幸福のためではなく、このエルフの郷の、いや、温泉街の発展のために役立てなきゃいけない。

「オンセンマンジュウ3世か、おぼえておこう」

ドラゴニュートの商人はそう言うと、その爪《つめ》の長い指で私を指差した。

「お前もだ」

「え？　わたし？」

「ああ、名前を教えてくれ」

「えっと、私の名前は……」


彼女《かのじょ》の名前はリューダ。

エルフの郷でお土産物屋さんをしている、自称《じしょう》なんの取り柄もない女。

この数年の後、うま味の母として世界に名を轟かせる予定の、今はまだ、どこにでもいるエルフの女だ。

二、グアラ
オレの名前はグアラ。

世界を股《また》にかけて商売をするドラゴニュート族の商人で、そのかたわら、世界中の情報を集めてそれを売りさばく情報屋のようなことをしている。

「ふむ、族長のもとにゆけばよいのか」

そんなオレは、先程《さきほど》、エルフの郷の小さな土産物屋で奇跡を体験した。

たしかに、同じく世界を旅歩く情報屋仲間から、エルフの郷がここ一年ほどでまったく様がわりしてしまったという話は聞いた。嘘《うそ》かホントか、呪《のろ》いのヒュデインに身を沈める習慣を手に入れたことで、それを商売にし始めているという胡散臭《うさんくさ》い情報だったのだが。

それは、たしかに真実であった。

決死の覚悟《かくご》で体験したヒュデイン、いや温泉は、心地よかった。

これは商売になる、いや、一大産業になる。そう確信した。

のだが、しかし。

「乾燥きのこの粉末。これはまさに、魔法の粉だ」

エルフの少女が、ほんの数秒で作ったあのスープ。

数年前、ドラゴニュート族の王の晩餐会《ばんさんかい》に出席したときに飲んだ野菜スープの何倍もうまかった。きっと、王宮の料理人が手塩にかけて作っただろう、そんな宮廷《きゅうてい》料理のスープよりもだ。

まだ、舌先に旨《うま》い汁が塊《かたまり》で乗っかっているような気さえする。

「ここ、か」

ついたのは、族長の屋敷《やしき》。

入り口に、なんとも冴《さ》えない小男の木像があるのだが、これが噂《うわさ》のオンセンマンジュウ

3世というやつに違いない。見た目は、本当になんでもないヒューマンの男。しかし、この男が温泉を、そしてこの魔法の粉をもたらした聖人だというのだから、本当に世の中は面白《おもしろ》い。

「おお、お主は、グアラではないか」

突然《とつぜん》、背後から名前を呼ばれて振《ふ》り返る。

と、そこには、世界に冠《かん》たるエルフの木工技術のその頂点に立つ男。この世界では、木聖デリュートと呼ばれている旧知の友人が立っていた。

「おお、デリュート、ひさしいな」

「ああ、お前とは、ドワーフの山であって以来だな」

デリュートは言いながら近寄って、オレの肩《かた》をバンバンと叩く。

いくら旧知の友人でも、いわれなき凶暴性《きょうぼうせい》の偏見《へんけん》を押《お》し付けられている我らドラゴニュートに、こんな風に近寄ってくるやつは少ない。

まあ、だからこそ、友人なのだが。

「で、族長になにか用か」

ふ、一応警戒《けいかい》はするのだな。

「商談だ」

「ほお、白百合石鹸か？　それとも生糸《きいと》か？　茶か？　浴衣《ゆかた》か？」

「違う、これだ」

「あ、ううん、なんだったかな、これは」

「乾燥きのこだ！」

まったく、呆《あき》れて物が言えない。

こんなにも優れたものを忘れてしまっているとは。

「あ、そうか、そうだった！　これを買うのか？」

「ああ、そこで族長と商談がしたいのだ」

「はー、お前さんは昔からかわりもんだな」

そう言うとデリュートは「待っていろ」とだけ言ってズカズカと族長の屋敷に入っていくと、数分後再び姿を表して、そのままオレを族長の館の中へと連れて入った。

そして、軽く手を振ってそそくさと去っていく。

やはり、持つべきものは、優れた友人である。

「そうですか、乾燥きのこをですか」

族長の執務室《しつむしつ》で、噂に違わぬ美貌《びぼう》を持った族長オーヘンデックに商談を持ちかけると、案の定族長は渋い顔で応じた。それはそうだ、こんな宝をおいそれと販売させてくれるはずがない。

「それは構わないのですが、できれば白百合石鹸の方を……」

なに？

「え、すまない、よくわからないのだが、乾燥きのこの方は」

「ああ、それならば、一応エルフの郷の産品であると喧伝《けんでん》してくれれば好きに売って構いません」

「な、なんと」

まさか、本当にこの郷の人間はこの凄《すご》さに気づいていないのか。

なんだか、怒《いか》りが湧《わ》き上がってきたぞ。

「お言葉だが族長オーヘンデック殿《どの》」

「なんですか」

「この乾燥きのこは、世界の料理の常識を超越《ちょうえつ》し、そして、必ずやこのエルフの郷に巨万《きょまん》の富をもたらす最上級の発明品ですぞ。それを、なんと粗末《そまつ》な扱いをするのです」

「いや、まあ、はぁ」

くっ、反応が薄《うす》い、おかしい、これはおかしいぞ！

「何か、何か隠《かく》しているのか、エルフの郷は！」

オレの剣幕《けんまく》に、族長は少しうんざりした顔で答える。

「いや、そうではないのですよ。こう言ってはおかしな話なのですが、ハンター様、いやオンセンマンジュウ3世様がこの郷に来て以来、驚くような発明だの発見だのには、ちょっと麻痺《まひ》しているのです、エルフの郷は」

そう言われて、オレは納得《なっとく》した。

たしかに、オレも麻痺しているところはあった。

この郷に入って以来、温泉はもとより、白百合石鹸だの生糸だの、茶だの山芋《やまいも》だの、冷えたエールに浴衣、銭湯とかいう入浴施設《しせつ》に露天風呂《ろてんぶろ》、はては宿そのものを売りにしている温泉旅館という宿泊施設《しゅくはくしせつ》など、はっきり言ってこれまでのオレであればどれも飛びついたに違いないものを連続で見せつけられ、少しうんざりしかかっていたのは事実だ。

とは言え、これは違う、この乾燥きのこはそんなレベルのものじゃない。

が、オレは商人だ。

相手がそういう状況《じょうきょう》ならば、そこにつけ込むのもまた、商人の常套《じょうとう》。

「では、この乾燥きのこ、白百合石鹸のおまけというのではどうだろう」

「おまけ？」

「ああ、白百合石鹸、あれは売れる。効果もわかりやすく、何よりこの郷で温泉に入れば、欲しくなるに決まっているから、きっとすぐに世界に噂が広がるだろう」

土産《みやげ》にもらった者、そして、この郷で温泉に入り国にかえった者。

そのすべてが、この白百合石鹸を欲しがるのは明白。

「白百合石鹸は間違《まちが》いなく売れる。そうすれば、きっとこの乾燥きのこをもれなく無料でつけるのだ。そうすれば、きっとこの乾燥きのこを欲しがる人間が各地に現れるに違いない。そうなったとき、このオレに独占販売権《どくせんはんばいけん》をくれ」

誰《だれ》もが欲しがる白百合石鹸に、この乾燥きのこをおまけでつける。

そうすれば、間違いなくこの乾燥きのこのとんでもない魅力《みりょく》に気づくものがでてくるはずだ。いや、間違いなくでる。そして、この乾燥きのこを中心にこの世界の料理の歴史が変わる。

そのとき、オレが独占販売権を持っていれば……。

「本当ですか！　白百合石鹸を世界に広めてくれるんですね！」

「あ、いや、だから乾燥きのこを」

くっ、調子狂《くる》うな、本当に。

「それは全然構いません、独占販売権でもなんでも差し上げます」

よしきた！

後悔《こうかい》するなよ、美人のエルフ！

「対価は？」

「きのこのですか？」

「ああ、もちろん代金は払うとして、独占販売契約《どくせんはんばいけいやく》の対価だ」

「ああ、それならいらないです、自由にどうぞ」

「い、いいのか？」

「はい、ただ白百合石鹸に代金を上乗せなんかしないでくださいね。そこの分の費用はそちら持ちなんですよね」

「無論だ、正規の値段で乾燥きのこを買い、オレが個人的に無料でつける」

「だったら、こちらがありがたいくらいです」

ふ、物の価値がわからんやつはこれだからいけない。

まあいい、これが世界中に広がれば、いくらオレが独占販売契約を結んでいたとしてもエルフの郷にも莫大《ばくだい》なカネが落ちるだろう。とは言え、少し心苦しいのではあるが……そうだ。

あれが、あったか。

「対価はいらぬと言うのにカネを払うのは商人としてありえないことだが、こういう物を拾ったので、これは乾燥きのこの対価としてエルフの族長である貴女《あなた》にわたしておこう」

オレはそう言いながら、道中で拾ったとあるものを差し出す。

デキの良いものだったので、何処《どこ》かで売りさばこうと思い丁寧《ていねい》に包んで持ち歩いていたものだが、まあいい、将来への先行投資に、と思えば、別に惜《お》しくはない。

「これは？」

「道中で拾った。詳《くわ》しくはわからんが、多分エルフのものだろうと思う」

「そう、ですか、それはかたじけない」

まあ、そういう反応になるだろうな。

ただ、情報は付け加えておかなければなるまい。オレは商人だがその商《あきな》う品には情報も入っている。今後ますます発展するだろうエルフの郷の族長に恩を売っておくのもまた、先行投資として悪くない。

「拾ったのはヴァンパイアの国との境、ヴァンパイア側に入ってすぐのところにあるヒュデインの近くだ」

「ヒュデイン？」

「ああ、まあここにある温泉というものとは違《ちが》い薄汚《うすぎたな》い泥《どろ》の沼《ぬま》のようなヒュデインなので近寄るものも少ないが、どうやらそこでエルフの一行が襲《おそ》われたらしい」

オレの言葉に、族長の顔がサッと一気に青ざめる。

ほお、郷の人間に対して温情の深い証拠《しょうこ》か、それとも……。

「心当たりでもあるのか？」

「いいえ、別に」

「そうか、ただ、襲ったのは間違いなくプロ。あの手際《てぎわ》であれば、襲われた方は生きてはいないか、もしくは」

オレがそこまで言うと、族長は片手を上げて制した。

「そこまでです。見ず知らずとは言え同族の悲しい末路など聞きたくはない」

なるほど、知人か。

口では否定しているがこの慌てっぷり。はは、まだまだだな、エルフの美しき族長よ。

まあ、そんなことはオレにはどうでもいいのだけどな。

「そうか、では形見だということでわたしておく、これが対価だ」

「形見ではない。が、とても良いものを、感謝いたします」

族長はそう言って深々と頭を下げる。

オレごときに、だ。

まあいい、オレも良い商いが出来た。

「さらばだ」

エルフの郷に、もう用はない。

「すまない、最後に名前を教えていただけないか」

去り際、エルフの族長が声をかけた。

「オレか？　オレの名は……」


彼の名前はグアラ。

諸国をめぐる腕利《うでき》きの商人であり情報屋をも営む、ドラゴニュートの旅人。

数年後『好蔵印《こうぞう》のエルフ茸出汁《きのこだし》の素顆粒《もとかりゅう》』を売り出すことで巨万の富を得る予定の男ではあるが、今はまだ、ただの旅人である。

三、オーヘンデック
「リリウム……」

ドラゴニュートの男、グアラが執務室を出てすぐ、私は、渡《わた》された包みを解いて、そして、膝《ひざ》から崩《くず》れ落ちた。

間違いない、コレは、リリウムの腕輪《うでわ》。

私とおそろいの。

自らの腕《うで》に輝《かがや》く翡翠《ひすい》の腕輪とまったく同じデザインのそれが、事の真実を間違いなく私に突きつけてきた。

返り討《う》ちにしたのであれば、リリウムがこれを忘れるはずはない。

胸の真ん中に、鋭《するど》い痛みが走る。

エルフの宝に等しい、そして私とリリウムをつなぐ絆《きずな》のようなこれがそこに放置されていたのであれば……。

――やったのは間違いなくプロ。あの手際であれば生きてはいない。

グアラの言葉が耳に蘇《よみがえ》る。

「ハンター様……」

別れを告げたあの夜のことが、鮮明《せんめい》に思い出される。

グアラの言葉が真実であれば、リリウムはもちろんのこと繭玉《まゆだま》様さえも襲われ、そしてなす術《すべ》がなかったということになる。

エルフでも一、二を争う戦闘力《せんとうりょく》を持つリリウム。

そして、そんなリリウムをこともなげにあしらうことのできる、プデーリの眷属《けんぞく》たる繭玉様。

その二人がいて、みすみす襲われるなんて……。

「信じられない、ありえるはずがない」

救援部隊《きゅうえんぶたい》を派遣《はけん》すべきか。

いや、国境付近とは言え他領に軍を派遣するなど、できるはずがない。

では、私が単独で。

それもだめだ、もし万が一ヴァンパイアの目に触《ふ》れでもしたら、一族の代表が自ら越境《えっきょう》するなど見逃《みのが》してもらえるはずがない。

旅人が言っていたから、では外交ルートも反応はしないだろう。

妙《みょう》な言いがかりをつけるなと、争いの火種にさえなりかねない。

どうする、どうするオーヘンデック。

自らに問いかける。

「エルフの族長だなんて言っても、なにも出来ないじゃない！」

なすすべのない現実が、痛い。

と、その時、背後の扉《とびら》をノックする音が聞こえた。

「なんだ！」

「え、あの、新しく出来た旅館の店主がお湯の分配で言いたい事があると」

くっ、こんなときに！

温泉街のことは今はどうでもいい、そんなことよりハンター様のお命が。

と、ハンター様の顔を思《おも》い浮《う》かべたそのとき、そこに見えたのは、出来上がった温泉街を嬉《うれ》しそうに眺《なが》めるハンター様の笑顔《えがお》だった。

誰よりも温泉を愛し、そしてその発展を喜んでくれた人の笑顔。

私のいちばん好きな人の、いちばん好きな笑顔だった。

「ハンター様ぁっ」

あの方は、いくつもの奇跡《きせき》を起こしていかれた。

不可能を可能に変え、そして、郷の呪いを希望に変えてくれた。

そして、それを、私に託《たく》していかれたのだ。

そうだ、私は託されたのだ。

「私の使命は、なんだ、オーヘンデック！　ハンター様を追うことか、違うだろ！」

私は意を決して立ち上がり、扉の外に答える。

「わかった今すぐ行く」

私の使命は、ハンター様の残していかれた温泉街をより発展させること。

あの人の愛したすべてを、この郷にしっかりと残し、伝えていくこと。そして、いつかまたハンター様がこの郷を訪《おとず》れたとき、あの笑顔で褒めてもらえるような温泉街に発展させておくこと。

だから、私は……。

「大丈夫《だいじょうぶ》、ハンター様なら、きっと」

信じよう。

背中に感じる冷たい予感を忘れて。

私は、私にできることを、精一杯《せいいっぱい》するのみだ。

「どうか皆《みな》に、女神《めがみ》プデーリの加護を」

私はそうつぶやいて、拳《こぶし》を握《にぎ》る。

「どうか、どうか皆の旅の無事を」

体の震《ふる》えが止まらない、それでも、私は前に進み続ける。

エルフの郷の発展のため、温泉街の繁栄《はんえい》の為《ため》。

エルフの族長たる、この名に誓《ちか》って。

彼女の名はオーヘンデック。

湯川好蔵《ゆかわこうぞう》の夢を託された、エルフの郷の族長。

拭《ぬぐ》いきれない嫌《いや》な予感を心の奥底《おくそこ》に閉じ込めて、今日も温泉街の発展に尽《つ》くす、栄誉《えいよ》あるエルフの女だ。

こうしてエルフの郷に届いた不吉《ふきつ》な一報。

どうやら何者かに襲われたらしい湯川好蔵とその一行。その身に降りかかるのは、ヴァンパイアの襲撃《しゅうげき》か、はたまた他の何者かによる怪《あや》しい魔《ま》の手か。それとも世界を揺《ゆ》るがす巨大《きょだい》な陰謀《いんぼう》だったりするのか⁉

まあ、実際の所、この先、怪しげな宗教団体やらダークエルフのお姫様《ひめさま》やらヴァンパイアのロリ公女やらの様々な思惑《おもわく》に巻き込まれ、草津《くさつ》の湯のごとくしっかりと湯揉《ゆも》みにされてしまうのではあるが。

果たして湯川好蔵は、ヴァンパイアの国でも思う存分温泉を楽しむ事ができるのか！

……それはまた、次のお話で。

あとがき

はじめまして、著者の綿涙粉緒（めんるいこなお）と申します。

まずは、本書を手にとってお読みいただき、誠にありがとうございます。

本作は、小説投稿サイトのノベルアップ＋にて連載をしていた作品で、二〇二〇年に第2回ノベルアップ＋小説大賞にて佳作をいただき出版という運びになった作品です。

それからはや1年。こうして書籍という形になって皆様に読んでいただけたことは、本当に例えようもない喜びですし、内容的にもＷＥＢ版と比べてより一層ブラッシュアップできたものと確信しています。きっと、みなさんもそう思っていただけましたよね？ だと良いなぁ、と思っております。

とはいえ、なにせ、私も初めての書籍化でございます。

それこそ、まったくの五里霧中。担当編集者様と交わす言葉一つ一つにさえ、いちいち「?·」が浮かぶような面倒くさい男に成り果て、ここまでやっとたどり着いたのが本当のところ。ですから、担当編集者様にはきっととんでもない苦労をおかけしたのだろうなぁと、思い出すだけで冷汗が止まらない心持ちになります。

もしわたしが編集者であったなら、私の担当だけは絶対にイヤですもんね、実際。

というわけで、そんな「確認よろしくおねがいします」と言われて、心の中で「うん、いい感じ、確認したぞ！」とだけ思って返信もしないような人間に、そもそも、メールチェックをまともにしないせいで受賞のメールにすら気が付かずに迷惑をかけてしまったような人間に、本当に根気よく付き合ってくださり、ここまで導いてくださった担当編集者様にはどれだけ感謝しても感謝したりません。

この場をお借りいたしまして、平身低頭、心より感謝申し上げます。

近所に住んでいたならば、我が家の畑のとれたてお野菜でも玄関先に山積みにして、令和版笠地蔵的な経験を積んでいただきたいくらいです。繰り返しになりますが、本当にありがとうございます。そしてこれからもご苦労をおかけしますので（断言）よろしくお願いいたします。

そして、本作のもうひとりの作者と言っても過言ではない吉武様。

この物語は、異世界に転生しておきながら、敵を倒すわけでもなく、派手な冒険活劇を繰り広げるわけでもなく。せっかく剣と魔法の世界にいるのに、剣も振らなければ魔法も満足に唱えないような作品でございます。そういう意味で、かなり絵にする材料の少ない作品なのです。しかし、そこに果敢にも挑戦してくださった吉武様のイラストがまあびっくりするくらいマッチいたしておりまして。嘘でも冗談でもなく、また誇張表現一切なく、初めてイラストを頂いたときには感涙に咽び泣いたことを、今でもよくお覚えております。そして、頂いたイラストを、いまだに夜な夜なニヤニヤと見つめるほどに、もう大好きです。

吉武様のイラストなしにして本書は完成いたしませんでした。

心より深く御礼申し上げます。

さらに、本書の完成に際しまして関わってくださったすべての皆様、出版社関係の皆様からきっと私もその存在をしっかりと認知していないような沢山の皆様にいたるまで、心より深く御礼申し上げます。そして、私の物語が、そんな皆様の汗の一粒一粒に見合う作品であることを心から願っております。

また、小説投稿サイトであるノベルアップ＋に連載の折から応援してくださった皆様、アドバイスくださった諸氏諸兄にも、心より御礼申し上げます。「めんこなさんのファンです、推しです」とおっしゃってくれたあなた言葉、きちんと覚えてるからね。

加えて、なによりも、小説家を目指すという馬鹿な夢を持ってしまった息子を支え続けてくれた根気強い両親に、言い尽くせない感謝を。二人の息子で、本当に良かった。

そして最後に、最愛の妻に。ありがとう。あなたがいなければ、小説家綿涙粉緒は絶対に存在しえなかった。そう断言できます。何度も何度も、ありがとう。そして、これからも、どうぞよろしく。

さて、そんな多くの人に支えられている『名湯異世界の湯開拓記』ありがたいことに佐々木マサヒト先生によるコミカライズも進行中で、その世界はどんどんと広がっていく予定です。本当に、私自身も楽しみで仕方ありません。

もちろん、湯川さんの温泉道中もまだまだ続きます。さらに魅力的なキャラもたくさん登場し、世界もぐんぐん広がっていきます。もちろん温泉もまだまだ出てきます。どうぞ最後のピリオドを打つその瞬間までお付き合い頂きますようお願い申し上げます。

そして、ほんの少しでも。

ああ、温泉行きたいなぁ。と思っていただけたなら、本当に、嬉しい。

Anytime I can!
いつでも自宅に帰れる俺は、異世界で行商人《ぎょうしょうにん》をはじめました
霜月緋色 著
Hiiro shimotsuKI
ill. いわさきたかし
①～④巻 好評発売中！
⑤巻 今秋発売予定！

「小説家になろう」
四半期
第1位
異世界転生・転移
ファンタジー部門
(2019年8月19日時点)
いつでも自宅に帰れる俺は異世界で行商人をはじめました
vol.1
漫画 明地雫
原作 霜月緋色
コミック単行本
第①巻 好評販売中!!
漫画：明地雫
原作：霜月緋色
キャラクター原案：いわさきたかし

どうにか病を乗り越え、屋台に復帰したアスタ。
そんな彼を待っていたのは雨季だけに
栽培される新たな食材たちだった。
一つ一つ吟味しながら、アスタは皆と
美味なる食事を作り上げていく。
Author EDA
Illust. こちも
異世界料理道
VOLUME 26
Cooking with wild game.

そして、アイ＝ファの生誕の日に向けて、
準備を進めていき——
雨続きでも楽しいことがいっぱいな第26巻!!
2021年秋発売予定!

HJ NOVELS
HJN58-01

名湯『異世界の湯』開拓記 1
～アラフォー温泉マニアの転生先は、のんびり温泉天国でした～

2021年8月19日　初版発行

著者――綿涙粉緒

発行者―松下大介
発行所―株式会社ホビージャパン
〒151-0053
東京都渋谷区代々木2-15-8
電話　03(5304)7604（編集）
03(5304)9112（営業）

印刷所――大日本印刷株式会社

装丁――ansyyqdesign／株式会社エストール

ISBN978-4-7986-2573-7　C0076

ファンレター、作品のご感想お待ちしております

〒151－0053　東京都渋谷区代々木2－15－8
(株)ホビージャパン HJノベルス編集部 気付
綿涙粉緒 先生／吉武 先生